校园故事会

受益一生
的 哲理故事

胡罡 主编

黄河出版传媒集团
阳光出版社

图书在版编目（CIP）数据

受益一生的哲理故事 / 胡罡主编 .—— 银川：阳光
出版社 ,2016.6
（校园故事会）
ISBN 978-7-5525-2669-1

Ⅰ .①受… Ⅱ .①胡… Ⅲ .①故事 – 作品集 – 中国
Ⅳ .① I247.8

中国版本图书馆 CIP 数据核字 (2016) 第 143358 号

校园故事会 受益一生的哲理故事　　　　　　　　胡罡 主编

责任编辑　金小燕
封面设计　华文书海
责任印制　岳建宁

黄河出版传媒集团
阳 光 出 版 社　出版发行

出 版 人　王杨宝
地　　址　宁夏银川市北京东路139号出版大厦 （750001）
网　　址　http：//www.yrpubm.com
网上书店　http：//www.hh-book.com
电子信箱　yangguang@yrpubm.com
邮购电话　0951-5047283
经　　销　全国新华书店
印刷装订　三河市京兰印务有限公司
印刷委托书号　（宁）0001541

开　　本　710mm×1000mm　1/16
印　　张　7.5
字　　数　90千字
版　　次　2016年9月第1版
印　　次　2016年9月第1次印刷
书　　号　ISBN 978-7-5525-2669-1/I · 705
定　　价　15.80元

前　言

我们在故事的摇篮里长大,故事就像一个最最忠实的好朋友,时时刻刻陪伴在我们身边。它把勇敢和智慧传递给我们,也把快乐、爱与美注入我们的心田。

《校园故事会》系列所选用的故事内容丰富、主人公形象生动活泼,而其寓意也非常深刻,会让你在愉快的阅读中了解到什么是美,什么是丑,什么是善,什么是恶,什么是直,什么是曲。我们相信,这些故事一定会使广大学生受益匪浅。真诚地希望本系列丛书能成为家长教育孩子的好助手,学生成长的好伙伴!

本系列丛书内容包括亲情、哲理、处世、智慧等故事,会使你在阅读中收获真知与感动,在品味中得到启迪与智慧。可以说,它们是父母送给孩子的心灵鸡汤,自己送给自己的最好礼物,同学送给同学的智慧锦囊,老师送给学生的精神读本。

总而言之,这是一套值得您精读,值得您收藏,更值得您向他人推荐的好书。因为课本上的道理是一条条教给您的,而这套书中的"故事"所蕴含的大道理、大智慧是要您自己揣摩的。

本系列图书在编写过程中不免会有瑕疵,望广大读者批评指正,我们会虚心改正。

编　者

目　录

成功的悲哀

如果你在秋天来到菲律宾西部海岸，你就能看到这样一个壮观的场面：海面上黑压压地飞来一片云，近看才知是南迁的燕子。它们欢快地鸣叫着，慢慢靠近海岸，但是人们惊奇地看到，一旦到了海岸和沙滩边，许多燕子都飞不起来了，永远地闭上了眼睛。遥远的路途飞完了，没有死于皑皑雪峰，没有死于茫茫大海，没有死于暴风骤雨，却死于目的地那细软的沙滩上。

动物是这样，人类又何尝不是如此？古希腊人在马拉松镇击败了入侵的波斯军队，希腊士兵斐迪辟兴奋地从马拉松镇跑到雅典，全程42.195千米。他没有在中途倒下，却在报捷后立即昏倒在地，再也没有醒来。

为什么会发生这样的悲剧？如果沙滩再远两三千米，许多燕子难道就飞不到吗？如果雅典再远三五十米，难道斐迪辟就坚持不住吗？他们一定能坚持下去，一定会到达目的地。悲剧发生的原因恰恰是因为目的地到达了，支持他们的信念突然消失了，意志瞬间松懈，身体也随之极度衰弱，于是生命之灯熄灭了。

周国平对此曾有一段精辟的论断：最凄凉的不是失败者的哀鸣，而是成功者的悲叹。在失败者心目中，人间尚有值得追求的东西——

成功；但获得成功仍然悲叹的人，他的一切幻想都破灭了，他已经无可追求。失败者仅仅悲叹自己的身世；成功者若悲叹，必是悲叹整个人生。

人生哲理

生命是个过程。所谓过程，就是前方很远，我们却一直在靠近。在这个过程中，我们只做一件事：不让自己有终点的感觉，每到一站，赶紧设定下一个站牌。

半边碗

在一条简陋的乡村小道上,有一眼清澈的山泉。村人上街或者串亲戚,路过山泉,便停下蹲在泉眼边喝水解渴。半边碗就是用来让过路人在泉眼里舀水喝的。

在很久以前,泉边并没有这个半边碗,人们就用手捧水喝,或用树叶折叠成碗状舀水喝。山泉边有些树木和花草,景色宜人,过路人如果时间不紧,还可在泉边喝水和歇息,等到养足了精神,才往前赶路。所以,这眼路边山泉是人们流连忘返的地方。至于那个半边碗,当时人们感觉不出它的美和丑,脑海里也留不下什么印象。

直到有一天,一只非常漂亮的瓷碗的出现和丢失,才让人们对半边碗产生了许多的联想和感慨。同时,人们也不知是什么时候,一只漂亮的瓷碗不声不响地在山泉边留下了,代替了那个他们使用多年的半边碗。但大家都知道,是因为泉水太甘甜,泉边的风景太美丽,便有人认为那个半边碗与泉水和泉水边的风景不相匹配,认为只有换上好瓷碗后,泉水边才会更加有情趣。但不管怎么说,一只漂亮的瓷碗不知不觉地留在了泉边。

但是,让人们想不到的是,没过几天时间,那只漂亮的瓷碗不翼而飞了。好碗丢失了,半边碗又被扔掉了,人们又只好用树叶或用手捧水喝,相当不习惯。

所以,又有人买来一只好瓷碗,放到了泉水边。这只瓷碗的命运,与前一只瓷碗的命运没有两样。时间不长,好瓷碗再次丢失。

这时候,人们才想起来,半边碗除了在山泉边上,在其他地方是没有用处的,而漂亮的瓷碗,它放在哪里都能产生价值和作用。人们对瓷碗的丢失也不再大惊小怪。只不过,瓷碗丢失了,扔在了一边的半边碗,只有再去捡回来,让它重新回到原来的位置。人们都清楚了,再买好碗放在泉边,已经没有必要,它的"好"只会给路人带来更大的不便。而那重新捡回来的半边碗,却一直沿用到最后,给路人带来莫大的方便。

人生哲理

不可否认,追求完美是一种积极心态。但什么是最好的?
最好的不一定适合你,而最适合你的又不一定是最好的——换个角度,合适的才是最好的。

两群羊

两群羊被上帝放在草原上，一群在南，一群在北。上帝还给羊群找了两种天敌，一种是狮子，一种是狼。

上帝对羊群说："如果你们要狼，就给一只，任它随意咬你们。如果你们要狮子，就给两头，你们可以在两头狮子中任选一头，还可以随时更换。"

南边那群羊想，狮子比狼凶猛得多，还是要狼吧。于是，它们就要了一只狼。

北边那群羊想，狮子虽然比狼凶猛得多，但我们有选择权，还是要狮子吧。于是，它们就要了两头狮子。

那只狼进了南边的羊群后，就开始吃羊。狼身体小，食量也小，一只羊够它吃几天了。这样羊群几天才被追杀一次。北边那群羊挑选了一头狮子，另一头则留在上帝那里。这头狮子进入羊群后，也开始吃羊。狮子不但比狼凶猛，而且食量惊人，每天都要吃一只羊。这样羊群就天天都被追杀，惊恐万状。羊群赶紧请上帝换一头狮子。不料，上帝保管的那头狮子一直没有吃东西，正饥饿难耐，它扑进羊群，比前面那头狮子咬得更疯狂。羊群一天到晚只是逃命，连草都快吃不成了。

南边的羊群庆幸自己选对了天敌，又嘲笑北边的羊群没有眼光。

北边的羊群非常后悔,向上帝大倒苦水,要求更换天敌,改要一只狼。上帝说:"天敌一旦确定,就不能更改了,必须世代相随,你们唯一的权利是在两头狮子中选择。"

北边的羊群只好把两头狮子不断更换。可两头狮子同样凶残,换哪一头都比南边的羊群悲惨得多,它们索性不换了,让一头狮子吃得膘肥体壮,另一头狮子则饿得精瘦。眼看那头瘦狮子快要饿死了,羊群才请上帝换一头。

这头瘦狮子经过长久的饥饿后,慢慢悟出了一个道理:自己虽然凶猛异常,一百只羊都不是对手,可是自己的命运是操纵在羊群手里的。羊群随时可以把自己送回上帝那里,让自己饱受饥饿的煎熬,甚至有可能饿死。想通这个道理后,瘦狮子就对羊群特别客气,只吃死羊和病羊,凡是健康的羊它都不吃了。羊群喜出望外,有几只小羊提议干脆固定要瘦狮子,不要那头肥狮子了。一只老羊提醒说:"瘦狮子是怕我们送它回上帝那里挨饿,才对我们这么好。万一肥狮子饿死了,我们没有了选择的余地,瘦狮子很快就会恢复凶残的本性的。"众羊觉得老羊说得有理,为了不让另一头狮子饿死,它们赶紧把它换回来。

原先膘肥体壮的那头狮子,已经饿得只剩下皮包骨头了,并且也懂得了自己的命运是操纵在羊群手里的道理。为了能在草原上待久一点,它竟百般讨好起羊群来。而那头被送交给上帝的狮子,则难过得流下了眼泪。

北边的羊群在经历了重重磨难之后,终于过上了自由自在的生活。

南边那群羊的处境却越来越悲惨了,那只狼因为没有竞争对手,羊群又无法更换它,它就胡作非为,每天都咬死几十只羊,这只狼早已不吃羊肉了,它只喝羊心里的血。它还不准羊叫,哪只叫就立刻咬死哪只。南边的羊群只能在心中哀叹："早知道这样，还不如要两头狮子。"

人生哲理

　　有时候，人一生的命运就取决于一次选择，而选择取决于眼光，眼光取决于智慧。以后的所有结果，都与这个选择有关。

狮子与野牛

一头饥饿的狮子在外出觅食时，突然发现了一群正在吃草的野牛，狮子塌腰沉背，借助青草的掩护，悄悄地向野牛靠近。

狮子离野牛越来越近，野牛们却丝毫没有感觉到危险，仍悠然地啃食着青草。

狮子终于进入了捕捉范围，它跃身而起，箭一般射向野牛群。野牛们惊慌奔逃。狮子紧追着一头还未长结实的野牛。

这只野牛拼命奔逃着，每当狮子要追上它时便拐个弯，便可和狮子拉开一段距离。可没多久，野牛就体力不支了。狮子和野牛的距离在不断缩小。

意想不到的事情发生了，野牛突然刹住脚，猛转过身，锋利的犄角转向狮子。狮子也停下了脚步，左右试探着寻找进攻的机会，可野牛的犄角始终对着它。狮子和野牛对峙着，僵持着……

突然，野牛向前迈进了一步，狮子竟后退了一步，并仰躺下，四肢朝天，宛如一只小猫，只是眯起的眼睛仍牢牢盯着野牛。狮子的"懦弱"让野牛顿生豪气，用犄角猛扎向躺在地上的狮子……

这是中央电视台《人与自然》节目中的一组镜头。接下来，电视画面就被野牛硕大的躯体遮挡住了，足足有三秒钟，一动不动。这短短的三秒钟却分开了胜败，隔开了生死。

三秒钟后，威猛进攻的野牛硕壮的身体慢慢倒了下去，没有丝毫挣扎。狮子的血口利齿已紧咬在野牛的喉咙上。

弱肉强食是自然界的规律，无需感叹。但我总觉得：狮子不仅胜在利齿上，还有狡黠；野牛不仅败在没有利齿上，还有被蒙骗后的盲目自大。

人生哲理

勇敢是把利刃，可以在绝境中奋起还击，斩落对手；自大也是一把利刃，可它只会导致愚蠢，它的刀口永远对着自己。

转折点

10

　　有个叫卢兹(1907—1982 年)的意大利人,是一位不很著名的心理学者,他只写过一本自传式心理学阐述性作品,将自己的经历与一些心理学观点结合起来。这本形象而有趣的小册子里,提到卢兹儿时的一件事:卢兹的母亲擅长烹制 Pizza。卢兹家境并不富裕,经常出现在饭桌上的是蔬菜 Pizza。但不定时的,卢兹盘子里的那块 Pizza 下,会出现美味的腌肉,这是母亲偷偷留给卢兹的。卢兹回忆说那块薄薄的腌肉让平淡的童年充满期望和惊喜。

　　根据这个回忆,卢兹在自己开的餐厅内对顾客进行了一次不动声色的试验。卢兹在每份 Pizza 里面都藏了一张写着祝福的话的纸条,几乎所有的顾客都表现出惊喜,没有人质疑这张纸的卫生状况,而这种内藏了祝福话语纸条的 Pizza 被称为"卢兹 Pizza",并成为意式的一道文化大餐。

　　卢兹通过这些印证了心理学上的"表层心理"和"转折点"两个理论。所谓"表层心理"指的就是个体最初看到的事情或者物品的表面现象以及最直观的原因等,例如上面提到的 Pizza。"转折点"指的是出乎意料出现的事物,并能够改变由表层心理带来的心理感受,即腌肉和小纸条。

在我们完成一张试卷的时候，一定会遇到一些解答不出来的试题。绕过它们，我们会发现其他擅长的题目。如果绕不过这些，我们就会被表层心理迷惑：这么难啊！我一定做不出来的！完了完了，这次考试我肯定挂了！

在我们面对这段感情的时候，不论是爱情还是友情，都不可避免地会遇到一些小麻烦、小误解、小波折。如果绕不过去，它们将影响我们对这段感情的审视。

工作上也是如此。可能某一个环节的失误，会对心理产生很强烈的影响。说不定会自我否定得过早，失去了一位宝贵的客户，以及一些提高自身的机会。

"表层心理"比较容易带给我们忐忑不安的情绪，不利于生活和工作。不少心理学研究者提出找"转折点"这种自我调整的方法，即在"转折"出现的前后，为自己也给别人找一些理由。比如当发现笔下的试题很难做，我们不妨给自己找理由，有些地方复习得不好，但是只要认真做就没有问题啊！在感情和工作方面，我们可以这样想："感情上的小矛盾两个人都有责任啊！""虽然我有了失误，但是也许在客户的眼里不算什么！"这样，就很容易稳定我们的心理，并克服心理逆差。

受益一生的哲理故事

人生哲理

生活在巨大的希望和不断的惊喜中，人生就是多彩而快乐的。快乐不单单是一种智慧，更是一种素质和能力。

保住嘴唇

一个漂亮的女孩子,曾经非常郑重地立下了一个誓言:这辈子绝不与自己不爱的男人接吻;否则,就把自己的嘴唇割掉。

不久后,有一个男孩子爱上了她,但是她却弄不清自己是不是爱他。有一天,小伙子趁她不备,大胆地吻了她的嘴唇。这件事使她惶惑又痛苦,因为她现在面临着要不要遵守誓言割掉嘴唇的严重选择。

于是,她决定去请教一位学界的老者。听了她的问题,老人凝目作沉思状,片刻之后,老者告诉她:不必惊慌!一切都取决于她对"爱"这个词的正确认识和定义。

"那么,爱的定义应当是什么呢?"她迷惑地问。

老者略作沉吟,答:"在他嘴唇接触你的瞬间,你感到快活吗?"

她犹豫了一下,但不能不承认:"是的,我似乎是快活的,不过……"

"别急,别急,"老者说,"那么我们就可以这样来给爱下一个定义:凡与之发生吻的动作时,能使我感到快活者,就是令我有爱产生的人,因而我不必为此举动割掉嘴唇。"

"但是,也许我并不是真的感觉快活,而只不过是没有十分感到厌恶罢了。"小姑娘说。

"啊，那不要紧。我们可以下一个新定义：凡与我接吻至少不曾使我感到厌恶的人，就是我对他有某种爱的人。"

"但是，假如我在接吻后又有点后悔呢？"小姑娘又有些犹豫地问。

"后悔？后悔难道比嘴唇还重要吗？"充满智慧的老者反问道。

"啊，我觉悟了！真该谢谢您，您把我的嘴唇保住了。"小姑娘满意地走了。

不久，又有一个小伙子追求她，但是，她却非常讨厌他。然而不幸的事发生了，有一天，小伙子强行吻了她一次。她很愤怒，狠狠地抽了那坏小子一个嘴巴。但是抽完就没事了，她一点不用为自己的嘴唇担忧，因为她已经从老者那里学到了足够的智慧。

人生哲理

如果不能改变结果，不妨改变一下游戏规则，很多时候，我们就是这样摆脱困境的。

保护弱小者

    人们在指责胆小鬼时,常使用这样一句话:"碰到危险就把脑袋埋到沙堆里",即所谓的"鸵鸟政策"。在这个谚语里,正确的成分到底有多少呢?当一头狮子向这种非洲巨鸟迫近,企图捕食它的时候,它是否因为不想看见这头狮子而真把脑袋埋到沙堆里呢?

    如果情况真是如此,世界上的鸵鸟早就绝种了。可是另一方面,我们常常看到幼小儿童的某些奇怪举动——当他们做了错事有可能遭到指责的时候,双手蒙住眼睛,就觉得父母看不见他们了。那么,在动物的"童稚"状态中会不会有类似的举动呢?

    让我们来观察一下非洲草原上的一处鸵鸟窝吧。在孵卵期间,往往是3只、4只甚至5只雌鸵鸟把蛋下在同一个窝里,每一个蛋约有3磅重。对于狮子、豹子、鬣狗、野狗、胡狼、兀鹰、秃鹫及其他猛禽来说,鸵鸟蛋是最理想的美味佳肴,所以,鸵鸟若是没有一套巧妙的战术,是无法使它们的鸟蛋免遭敌害的。

    孵蛋时节,长着一身华丽的黑白相间羽毛的雄鸵鸟只是在夜间才孵蛋,为的是不引人注目。天刚蒙蒙亮,就有一只雌鸵鸟来接班。雌鸵鸟头颈部,就像一架潜望镜。鸵鸟的视力极佳,通常能迅速发现开阔地上4.5公里半径内的任何敌害。当正在孵蛋的雌鸵鸟一旦发现了敌害,它的表现如何呢?

有一次,一位动物学家在离鸵鸟窝不远的地方搭了一个伪装帐篷,从这里,可以观察到鸵鸟防御敌害的全过程。有一只正在孵蛋的雌鸵鸟发现了两头狮子,它立即压低身子,小心翼翼地离开了蛋窝,用它的长脖子在窝周围拨拉起干草来。它的长脖子急速地转动着,活像一条忽闪忽闪的蛇。就这样,鸵鸟用干草枯叶把白得耀眼的蛋遮得严严实实,狮子只要不直接踩到上面,就根本不会发觉。然后,雌鸵鸟风驰电掣般地跑到 100 米开外,猛地把自己暴露在狮子面前,而且故意作出一瘸一拐的模样,以此来迷惑狮子。它这样做的目的是为了让狮子相信,这是一个不费多大力气就能到手的猎物。此时,两头狮子的注意力完全被吸引过去了。

狮子果然上当了,它们向目标全速奔去。鸵鸟的走速达到每小时52 公里,几乎与狮子跑得一样快。然而狮子的耐力没有鸵鸟持久。不仅如此,鸵鸟还有一个绝招——把双翅当作方向舵,在全速飞跑时突然来个急转弯,弄得狮子屡屡扑空。狮子很快就放弃了继续猎捕的打算。鸵鸟躲过了一劫。

几天以后,有一只孵蛋的雌鸵鸟的情况就危急得多了。一头豹子从灌木丛生的丘岗上踱了过来。由于来自反方向,雌鸵鸟没有及时发现它,所幸的是,那豹子也没有发现鸵鸟。

当雌鸵鸟猛然惊觉的时候已经来不及拨拉草隐蔽蛋窝了。倘若它这时跑开自己完全可以得救;但是,一窝蛋就完了。怎么办?

只见雌鸵鸟将身体尽量压低放平,悄悄地把双翅向两旁展开,脑袋和脖子向前伸去,平贴在地上。这样看上去它就如同一堆枯木朽枝。在这里,雌鸵鸟运用了自身的十分切合荒原环境的保护色,使蛋窝免遭劫难。它并没有把脑袋插到沙漠里,而是将它贴在地面,像一

15

条窥探方向的蛇一样,密切注意着豹子的动向。果然,豹子没有发现驼鸟和它的蛋窝,在距离 8 米外的地方慢慢走过。驼鸟蛋得救了!

动物行为学家终于能推翻强加在驼鸟身上的不实之词了。驼鸟完全能使自己获得安全,当然,为了拯救下一代,它们宁可自己去冒杀身之祸。

因此,"驼鸟政策"应有新解:随时准备用生命保护弱小动物。

人生哲理

傲慢与偏见,是人性的弱点。偏见,使我们视野狭隘;而傲慢,又让我们不想扩大它。二者狼狈为奸,阻止我们冷静、客观地观察这个世界。

灾 难

有个人饲养了几只可爱的老鼠。这几只老鼠是同类老鼠中的精粹，犹如精灵一般。

每一天，这人都喂老鼠香美的食物，并且热心地给它们擦洗身子。老鼠一病，他就异常担心，程度甚至超过了对自己的关怀。老鼠跟他也非常亲密。天晴，他们在院子里愉快地玩耍；下雨，就在家里捉迷藏。他们还经常一起去旅行。

他感到跟老鼠生活在一起无限快乐，然而这并不是他的目的。他常常抚摸着老鼠的脊背，口中嘟囔：

"如果没有你们，我真不知要遇到多少灾难呀。"

老鼠有未雨绸缪、预感危险的本领，他正是注意、利用了这一点，并且深入研究、发挥了作用的。

很早以前，有一天，老鼠突然都从家里逃走了。弄不清怎么回事，他就没命地在后面追。朋友们也紧紧跟着。

这时，大地震发生了。

真是幸运，因为是在外面，所以他免于死难。要是呆在家里，肯定会被压在建筑物下。即使不死，无疑也要受重伤。

还有一次，那是在他外出要上船的时候，老鼠在他的提袋里骚动

受益一生的哲理故事

起来,他立即停住步子,老鼠随之也安静下来。结果,出航的船遇上了风暴,沉没在大海里。他像这样托老鼠的"福"、而幸免于难的事还有好几回。

他想着这些,对老鼠说:

"不管怎样,这是一个多灾多难的世界。我们今后可要多多关照啊。"

他喂食给它们吃。这时,吃食的老鼠显得惶恐不安。这是危险的预兆。"啊?将要发生什么事?是火灾还是水灾?不管它,赶快搬家吧。"

由于事出突然,也就顾不得价钱的贵贱,他胡乱卖掉房子,匆忙搬走了。当然,受些损失也是没办法的,要是磨磨蹭蹭,碰上灾难岂不更糟啦!乔迁新居后,老鼠恢复了常态。这人稍事安顿,就竭力想弄清搬走后到底发生了什么灾难。于是,他给旧居挂了电话。

"喂,喂,我是以前的老住户,想打听一下……"

"什么事?忘了什么东西?"

"不是,我是想知道在我搬走后,您那里有什么变化?"

"唔,好像没什么。"

"决不会的。请您仔细想一下。"

"要说嘛,那就是您走后不久,住您隔壁的一家人也搬了。就这些。"

"是吗?新搬来的是什么人?一定是位可怕的人物。"他热心地问着。他想,灾难这时恐怕已降临到隔壁,自己要是不搬,无疑会被卷入事变中去。

但是,对方的回答却很意外。

"不,是位很和善的人。"

"真的吗？"

"的确是。因为他非常爱猫，养了很多，所以……"

人生哲理

很多时候，我们会被一些巧合的表面现象所迷惑，而弄不清它的本质。比如那个守株待兔的农夫，比如这个虔诚的老鼠饲养者。

受益一生的哲理故事

听命于你的心

如果你想要同时骑两匹马，那将会是一件很困难的事。你必须了解：如果你渴望自由、自发性地活在当下，你就必须不像在做生意，你可以继续那个生意，但是你必须改变你做生意的态度和方法，你无法妥协这两者，你无法综合这两者，你必须牺牲其中的一个来照顾另外一个。

我想起了我的祖父，我父亲和我叔叔不希望他老人家在店里，他们会告诉他说："你可以去休息，或者是去散步。"但是有一些顾客一定要找他，他们会说："当他回来的时候我们再来找他。"

问题在于他不是一个生意人。

他会很直截了当地说："我们进货的成本是 10 块钱，我只赚你 10%，换句话说，我必须卖你 11 块，你难道连给 10% 的利润都觉得迟疑吗？那么我们要怎么生活？"人们就会立刻跟他成交。但是就我父亲和我叔叔的眼光看来，这是一项损失，因为他们会从 20 块钱开始叫价，然后一阵讨价还价，如果客户能够还到 15 块的价钱，他会觉得很高兴说他省了 5 块，但是事实上他多付了 4 块。所以很自然的，他们会把我祖父赶走："走开，去河里好好洗一个澡，或是去公园休息，你已经老了，不需要再看店。"

但是他会说:"有一些顾客认识我,也认识你们,他们知道我不是生意人,而你们是生意人,我告诉我的顾客说,如果你们来刚好我不在,那么就等一等,我很快就会回来。我告诉那些顾客说:'记住一件事:不管是西瓜掉在刀子上或是刀子掉在西瓜上,永远都是西瓜被切开,而不是刀子被分开,所以要小心生意人。'"他有他自己的顾客,他们来的时候甚至都不提他们要干什么,他们就坐在那里,他们会说:"等他老人家回来再说。"

生意也可以用真诚和真实来做,不一定要狡猾、剥削或欺骗,所以一定要听命于你的心,因为到了最后还是要由心来决定你本性的表现。

21

人生哲理

小胜靠智,大胜靠德。这是经商之道,更是为人之道。

寻找海洋的鱼

曾经读过三个寓意深刻的故事——

第一个是寓言故事。在蔚蓝的大海里,有一条快乐的鱼,它每天尽情地在海水中游动。它和身边许多的鱼说一些它所经历的故事。疲惫时,它就栖息在水草的中间,自由快乐是它的生活原则。但有一天,它遇到了另一条鱼。那条鱼对它说:"我听说,在很远很远的地方,有一个叫大海的地方,有比我们这里更宽阔的水域,那里有许多好玩的东西。也许你的生活会有所改变的。""真的吗?"它问那条鱼。"是的,你去找找吧。"那条鱼开始寻找大海了,它游啊游啊,每天疲惫得要死,并没有看到它要找的大海。有一天,它终于累了。看到一条正在悠闲游动的鱼。它问那条散步的鱼:"你知道大海在哪里吗?"那条悠闲的鱼一听就笑了,说:"你现在就在大海里呀!"

另一个是释迦牟尼佛经里的故事。一个青年驾船出海,他经过许多风浪和无数的岛屿,终于在热带雨林里找到了一棵高达10余米的大树。这种大树经过一年的时间让外皮朽烂,留下木心陈黑的部分,会散发出一种迷人的香气。在那片雨林里,像这样的大树只有一两棵。他砍下了这棵树,把它运到市场上,希望能卖到一个好价钱,但一直无人问津。市场的边上是一个卖木炭的。每天卖木炭的都可以有很好的生意。他想：为什么木炭那么好卖？于是他把那棵香树烧成了木炭，一天就卖光了。其实，那棵香树就是世界上少有的"沉香"。只要切下一片磨成粉，价值就超过一车木炭的价钱。

最后是一个很俗套的爱情故事。一个年轻的女孩，青春靓丽，每天，她都周旋在那些追求者中间，但没有一个是她真正喜欢的。一天，她收到一封情书。她知道他是谁，那个男孩一直在她的身边，熟悉她的生活。即使她是轻微感冒，他也悄悄地将白加黑一类的药品塞到她宿舍的门下。但她一直漠视他的存在。有一天，她终于看到了自己梦想中的王子，然后像飞蛾扑火一样义无反顾地投身想象中的爱情。天崩地裂，海枯石烂，爱到五谷不分。但最后却发现自己只是别人手中的玩物。

23

人生哲理

　　人生之所以有许多遗憾，是因为很多时候我们并不知道自己在哪里，拥有什么，什么又是自己最需要的。不经意间，很多原本拥有并且宝贵的东西就这样丢失了。

受益一生的哲理故事

不竞争也能赢

牧蚁和蚜虫是自然界里的一对铁哥们，生死相依。因为蚜虫的排泄物（称为蜜露）含有氨基酸和糖分，这种成分很能刺激牧蚁的味蕾。一旦牧蚁肚子饿了，就会用触角去拍打蚜虫的背部，促使蚜虫分泌蜜露。有时，牧蚁还会用树叶和小树枝专为蚜虫搭一只小巢，每晚将蚜虫集中在小巢内；甚至在迁移时，牧蚁也会带上蚜虫一起启程。一旦发现有其他昆虫企图染指它们时，牧蚁则会义不容辞地担当起保护神的角色，对来犯者群起而攻之。玉米地里的牧蚁甚至还会在秋天来临时，将玉米上的蚜虫卵收集起来，藏到地下的蚁穴中，使之冬天不被冻死。当春回大地时，牧蚁会将蚜虫卵取出让其孵化，孵化后的新蚜虫又可为牧蚁提供新鲜的蜜露了。

有一种生活在南非丛林中的动物叫蜜獾。它最喜欢吃的是野蜂和蜂蜜，遗憾的是它发现蜂巢的本领欠佳。指蜜鸟是一种小型的非洲鸟。它最感兴趣的是组成蜂房的蜂蜡和野蜂幼虫。但是，指蜜鸟要将蜂巢弄碎，则有些力不从心。于是，指蜜鸟与蜜獾这一对飞禽走兽相互依赖，取长补短。当指蜜鸟发现树枝上的蜂巢之后，就会马上飞到蜜獾身边。蜜獾获得最新情报，就会乖乖地跟随指蜜鸟来到筑有蜂巢的树下，然后爬上去，将蜂巢咬碎，美美地吃上一顿蜂蜜大餐。指蜜鸟则不慌不忙地停在附近的树枝上，看着它的搭档狼吞虎咽。待蜜獾饱餐离去后，它就飞过去，独享被蜜獾咬碎的蜂房蜡和野蜂幼虫。

在这个弱肉强食、竞争激烈的社会，为了生存，你可以选择恃强凌弱，打击吞并，有你没我，排除异己，唯我独尊；当然，你也可以选择互惠共生，各得其所，精诚合作，生死相依，各退一步，不战而胜。这两则自然界有趣的例子，是否令你有了新的主意？

人生哲理

其实，何必非要争个你死我活呢？换个思路，尝试着去和竞争对手合作，双赢的结局不是皆大欢喜吗？

受益一生的哲理故事

成熟的麦穗懂得弯腰

26

  有位医术高明的资深医生,刚刚退休不久,许多年轻的医生都前来求教,要求投靠在他门下。资深医生选了其中一位年轻的医生帮忙看诊,两人以师徒相称。应诊时,年轻医生成为得力助手,资深医生理所当然是年轻医生的导师。

  由于医术高明而且两人合作无间,诊所的病患者与日俱增,诊所声名远播。为了分担门诊时越来越多的工作量,避免患者等得太久,医生师徒决定分开看诊。

  病情比较轻微的患者,由年轻医生诊断;病情较严重的,由师父出马。实行一段时间之后,指明挂号给医生徒弟看诊的病患者比例明显增加。起初,医生师父不以为意,心中也高兴:"小病都医好了,当然不会拖延成为大病,病患减少,我也乐得轻松。"

  直到有一天,医生师父发现,有几位病人的病情很严重,但在挂号时仍坚持要让医生徒弟看诊,对此现象他百思不解。

  还好,医生师徒两人彼此信赖,相处时没有心结,收入的分配也有一套双方都能接受的标准制度,所以医生师父并没有往坏处想。也就不至于怀疑到医生徒弟从中搞鬼、故意抢病人的地步。

  "可是,为什么呢?"他问,"为什么大家不找我看诊?难道他们以为我的医术不高明吗？我刚刚才得到一项由医学会颁赠的'杰出成就奖'，登在新闻报纸的版面也很大，很多人都看得到啊！"

为了解开他心中的疑团，我来到他的诊所深入观察。本来我想佯装成患者，后来因为感冒，也就顺理成章地到他的诊所就医，顺便看看问题出在哪里。

初诊挂号时，负责挂号的小姐很客气，并没有刻意暗示病人要挂哪一位医生的号。

复诊挂号时，就有点学问了，发现很多病人都从师父那边，转到医生徒弟的诊室。问题就出在所谓的"口碑效果"，医生徒弟的门诊挂号人数偏多，等候诊断的时间也较长，有些病人在等候区聊天，交换彼此的看诊经验，呈现出"门庭若市"的场面，让一些对自己病情较没有信心的患者趋之若鹜。

更有趣的发现是，医生徒弟的经验虽然不够丰富，但就是因为他有自知之明，所以问诊时非常仔细，慢慢研究推敲，跟病人的沟通较多、也较深入。而且很亲切、客气，也常给病人加油打气："不用担心啦，回去多喝开水，睡眠要充足，很快就会好起来的。"类似的心灵鼓励，让他开出的药方更有加倍的效果。

回过来看看医生师父这边，情况正好相反。经验丰富的他，看诊速度很快，往往病患者无须开口多说，他就知道问题在哪里，资深加上专业，使得他的表情显得冷酷，仿佛对病人的苦痛渐渐麻痹，缺少同情心。

整个看诊的过程，明明是很专业认真的，却容易使病患者产生"漫不经心、草草了事"的误会。当我向医生师傅提出这些浅见时，他惊讶地张大了嘴巴："对呀！我自己怎么都没有发现。"

这是麦穗弯腰的哲学。

27

受益一生的哲理故事

其实,很多具有专业素养的人士都很容易遇到类似的问题。并不是他们故意要摆出盛气凌人的高姿态,但却因为地位高高在上,令人仰之弥高,产生遥不可及的距离感。

别忘了,越成熟的麦穗,越懂得弯腰。

人生哲理

也许,我们可以来个逆向思维——越懂得弯腰,才会越成熟。

天堂和地狱

她是一位成功的人事部主管。有一天,她正在街上散步,不幸被一辆卡车撞倒身亡。

她的灵魂升上天国。在天堂的门口,她见到了圣彼得。

"欢迎来到天堂。"圣彼得对她说,"你瞧,这里很少有领导光顾,我们拿不准该怎样安排你才好。"

"没问题呀,你让我进来就是了。"她说。

"噢,我很乐意这么做,但是上头有命令的。我们要做的是让你在地狱过一天,再在天堂过一天,然后你才可以选择在哪里度过永生。"

"我已打算好了,我更想留在天堂。"她说。

"抱歉,我们是有规定的。"说完圣彼得就把这位人事部主管送进了电梯。电梯下啊下啊下到了地狱。

门开了,她很快发现自己置身于一块长满绿草的高尔夫球场里。远处有一家俱乐部,而在她面前站着的是她所有的朋友。他们都曾与她共过事,现在都身着晚礼服,兴高采烈的。这帮人跑过来向她问好,吻她的脸,回忆过去的美好时光。他们愉快地玩了一场高尔夫球,晚上,又同在俱乐部里享用了一顿有龙虾和鱼子酱的晚餐。她还见到了魔鬼,实际上它是个挺可亲的家伙,还会跳舞、讲笑话。他们玩得不亦乐乎。她过得开心极了,以至于离去的时间到了也没注意。当她上电梯时,所有的人都与她握手,向她道别。电梯升啊升啊,天堂的门重又打开了,圣彼得正在那里等她:"现在正是来到天堂的时候了。"

于是她弹着竖琴,唱着歌,穿梭在云朵之间。她过得很开心,不知不觉 24 小时过去了。圣彼得来找她:"好了,你已在地狱过了一天,也在天堂过了一天。现在你要选择你永生的归宿了。"

她思忖了片刻,答道:"好吧,我以前是不会说这话的。我想说的是,天堂很可贵,但我想我还是留在地狱更好。"于是圣彼得把她送进电梯,她又下啊下啊下到了地狱。

电梯门开了,她发现自己置身于一片被粪便和垃圾覆盖着的不毛之地上。她看到她所有的朋友都在那里,衣衫褴褛,正把捡拾的垃圾塞进黑色的袋子里去。魔鬼抓住她,并伸出手臂来搂住她的脖子。"我不明白,"她嗫嚅着说,"昨天我还在这儿看到有高尔夫球场和俱乐部……还吃龙虾和鱼子酱……我们还跳舞……玩得多开心啊!可现在我的朋友们竟像一群可怜虫似的爬来爬去。"

魔鬼看着她,笑了:"昨天我们是与你签合同的,现在你是我们中的一员了。"

人生哲理

面对坏人,以其人之道还治其人之身,是人间一大快事。

游向高原的鱼

水从高原由西向东流着,渤海口的一条鱼逆流而行,它的游技很精湛,因此游得很精彩,一会儿冲过浅滩,一会儿划过激流,它穿过湖泊中的层层渔网,也躲过了无数水鸟的追逐,它逆行通过著名的壶口瀑布,堪称奇迹;它穿过水流湍急的青铜峡谷,博得鱼儿们的众声喝彩,它不断地游,最后穿过山涧,挤过石隙,游上了高原,然而它还没来得及发出一声欢呼,瞬间就被结成了冰。

若干年后,一群登山者在唐古拉山冰川的冰块中发现了它,它还保持着游的姿势,有人认出这是渤海口的鱼。

一位年轻人感叹道:这是一条勇敢的鱼,它逆流而上,穿得远,穿得长,穿得久。

一位老者却为之叹息:它只有伟大的精神却没有伟大的方向,最后得到的只有死亡。

人生哲理

在行动之前,须先确定正确的目标和方向。不然,南辕北辙,付出的越多,离目标却越遥远。

受益一生的哲理故事

傻瓜大师

有一个住在城市里的傻瓜,他天天都为大家把他看成傻瓜而感到苦恼。

有一天,一位专门为人解答人生困境的智者,来到这座城市,傻瓜便跑来向智者求助。

"你有什么生命的困境呢?"智者问。

"我不喜欢别人把我看成傻瓜,请问有什么方法可以让别人把我看成是聪明人呢?"傻瓜说。

"这非常简单,从现在开始,不管任何事情,你都给予最多、最无理的批评,特别是对那些美好的事情加以批评,7 天以后,大家都会认为你是聪明人了。"

"就这么简单吗? 那我该怎么做呢?"

"例如,若有人说:'今晚的月色很美!'你就立刻加以批评,直到别人相信月色对人生无用为止。若有人说:'生命中最重要的是爱!'你也立刻加以批评,直到别人相信爱对人生一点也不重要。若有人说:'这本书写得很好!'你仍然立即加以批评,直到别人相信人生根本不需要书。这样,你懂了吗?"

"懂了! 懂了!"

　　傻瓜说:"但是只要这么简单,人们就会相信我不是傻瓜了吗?"

　　"相信我! 我会在这里停留7天,7天之后你来,我保证别人不管你的内在是不是傻瓜,他们都会认为你是聪明人了。"

　　傻瓜就按照智者教导的去做了,他不论听到任何事情,总是立刻跳起来批评,把他所知道的所有非理性的字眼都倾吐出来,直到别人相信他才停止。

　　7天之后,傻瓜回来探望智者,他的后面跟随着1000多个门徒,对他毕恭毕敬,并且称呼他为"大师"。

33

人生哲理

　　缺乏拥有独立见解的判断力,盲目的从众心理,这二者是被别人愚弄的根本原因。

富翁的诡计

受益一生的哲理故事

　　有一位富可敌国的富翁,钱多得用不完,可他总是感觉不快乐。他每天乘车回家都要经过一个垃圾场,垃圾场里总有几个穿得破破烂烂的人在拣垃圾。有一天,富翁无意中发现拣垃圾的几个人总是那么高兴,似乎总有许多可笑的事能逗得他们哈哈大笑。富翁十分嫉妒,认为自己虽然有钱,却还没有几个拣垃圾的过得愉快。无聊之极的富翁终于想出了一条诡计。

　　一天,富翁又经过垃圾场,他就把那几个拣垃圾的人喊过来说:"我需要你们每天给我修剪院子里的草坪。管吃管住,每个月还能领到薪水。"那几个人听了,十分高兴地接下了这份工作。从此,他们不用风餐露宿,而且修剪草坪的活计对他们来说简直太轻松愉快了。他们每天仍是快乐无比地完成了手中的活,把草坪也修得整整齐齐。谁知,两个月后,富翁把他们找来说:"由于生意不景气,要节省开支,准备把薪水扣除一半。那几个人于是开始在背地里牢骚满腹,草坪修剪得也不如以前认真了。又过了一个月,富翁把剩下的薪水又扣除大半,几个工人每月只能领到可怜的几个钱。工人们更加不满了,干活时骂骂咧咧,可是又没有人再愿意去过以前那种食不果腹的生活。

　　没过几天,富翁在几个工人中间选了一个平日里又懒又蠢的人作为他们的管理员,并给他加了薪,而且不用干活。这一举动简直把其他的几个人给气炸了,整日怨气冲天,却又无可奈何。慢慢地,就有些人开始讨好管理员,希望能为自己加一点薪水或分到比较轻松的活计。于是,阿谀奉承者有之,偷奸耍滑者有之,暗箭伤人者有之,一时间个个八面玲珑,往日融洽的气氛不仅荡然无存,而且相互猜疑、妒忌的不良情绪正滋生蔓延。

终于有一天,富翁把他们几个人全部解雇,让他们又返回了垃圾场。

现在,富翁每日驱车从垃圾场经过,再也看不到以前他们高兴的场面,偶尔还能看见他们为争抢垃圾而打架。看到这一切,富翁似乎感到舒服了许多。

人生哲理

如果想让一个人扬名立世,那么,激起他的欲望,因为欲望是天堂;如果想让一个人颓废忧伤,那么,激起他的欲望,因为欲望是地狱。

背女人

很久以前,有一个大和尚和一个小和尚一块出门化缘,他们走到一条河边时,看见一个妙龄女子被水围困着不能过河,于是大和尚毫不犹豫地将她背起过了河。小和尚大为不解,晚上便忍不住问道:"师兄,出家人六根清净,你背了那女人,不是犯了戒吗?"

大和尚答道:"我背那女子一过河就放下了,可师弟你,为什么到现在还背着她放不下来?"

人生哲理

自古以来,始终被某个教条的观念所束缚而积思成疾的,大有人在。其实,何必呢?

梯子意识

一家公司招聘营销经理,最后 A 君、B 君、C 君进入了由公司老总亲自主持的最后一轮考核。

没想到,老总开车把三位年轻人拉到一座果园里,指着三棵高大的苹果树,说,你们每人一棵树,看谁摘的苹果最多,谁就能成为本公司营销部经理。

老总刚说完,三个人立即扑向果树。A 君身高臂长,站在树下,上下左右开弓,不一会就摘了很多苹果。B 君身材灵巧,就像猴子一样爬上树,闪展腾挪,眨眼间,也摘了不少苹果。只有 C 君生得又矮又胖,尽管他很着急,但摘的苹果显然落后于其他二人。

"要是有架梯子就好了,可哪里有梯子呢?"C 君大脑急速地转动。"果园门卫大爷那儿会不会有?"想到这儿,他立即跑到门卫室,诚恳地向门卫大爷说明情况。刚才老总领着他们进来时,只有 C 君热情地和大爷打过招呼,大爷显然对他印象很好。他领着 C 君来到门卫室后面,果然有一架装修用的铝合金梯子摆在那里。C 君谢过大爷,搬着梯子跑回果园。有了梯子,C 君变得游刃有余,摘起果子来随心所欲。

这时,A 君、B 君遇到了难题。A 君虽生得高大,却怎么也够不到高处的累累硕果。B君虽身手敏捷,却不敢爬到细枝上去摘。这时他俩也想到用梯子,可当他俩跑出去找了一圈,哪还找得到梯子的影子?等他们气喘吁吁地跑回来,老总对他们说,不用再比了,我宣布:C君被聘为营销部经理。虽然C君高大比不过A君,灵巧比不过B君,但他面对困难时,却能迅速找到解决办法,打开局面,这是一个营销部经理最可贵的素质。A君、B君输得心服口服。

现任美国总统小布什也是一个善搭梯子的人。小布什中学读书时成绩很差,好玩且喜欢恶作剧。但受其父影响,有了从政的理想。老布什知道他的志向后,就送他一句话:"要记住每个和你交往过的人的名字。"后来小布什依靠父亲的关系进入耶鲁大学主修历史,成绩还是一般,大多数课程仅得C,但他一直牢记着父亲的话,大学四年,他熟记了一千多个同学的名字。毕业后工作,他还是如此。

后来,小布什在53岁竞选总统时,他当年的同学和同事给予了他有力的支持。在竞争激烈的美国,小布什凭着感情交往这架梯子青云直上。

在成长过程中,很多人都会有同感,很多我们看起来很一般的同学、同事、朋友,却在若干年后,取得令人意想不到的成就。其实,他们自有其过人之处,这"过人之处"在很大程度上是指他们具有很强的"梯子意识",会找并善于找梯子,主动搭梯子。这种"梯子意识"指良好的人际关系意识、敏锐的观察思考意识、超前的创新意识、捕捉稍纵即逝的机会意识等等。

所以,当我们使出浑身气力,埋头赶路的时候,别忘了应时常抬头看看周围的风景,要有良好的"梯子意识",利用好自身以外的资源,这样往往会事半功倍。

受益一生的哲理故事

人生哲理

　　人类从建立社会起，就注定它是协作的。没人能依靠一己之力而做完所有事情的。不妨学学太极拳，借力打力，以四两之躯拨千斤之重。

像野兔一样奔跑

　　小时候，每当暑假，贪玩的我们就跟着大人们下地干活，岁数大一点的学着大人们割麦子，小一点的就捡遗漏在麦田里的麦穗。孩子的贪玩性决定了我们对辛苦的农活没有多大的耐心和韧劲，过不了多久，就会呼朋引伴，三五成群上山采摘野果、掏鸟窝寻找乐趣。

　　有一次下地干活干累了，我就约伙伴们上山找野兔。在一道山梁上，我们惊动了在茂盛的草丛中睡觉的野兔。听到我们的脚步声，一个野兔猛地从草丛中跃出，拼命向山峰更高处奔跑。我们想如果把野兔往山头追，野兔会累得精疲力竭，最终成为我们的猎物。于是便一鼓作气穷追不舍，从一道山梁追到另一道山梁，从一个沟壑跳过另一个沟壑。跑在前面的伙伴使劲投掷石块，追击野兔，跑在后面的合力大声叫喊着，以震慑野兔，让其减速调转方向。

　　气喘吁吁地追了大半天，等到我们越过对面的山梁时，野兔早已跑得无影无踪。这让我们十分懊丧。

　　下山后把追兔的经过详细说给休息的大人们听，大人们对我们的傻劲感到很好笑。他们说你们犯了一个常识的错误。你们应该向下追野兔，而不应该向上追，因为野兔前腿短，后腿长，善于向高处奔跑，尤其是在遇到险境时。如果它从高处向低处奔跑，后腿使不上力气，会接二连三地栽跟头,加速落入困境。况且,向上奔跑的时候,人容易疲劳,而野兔则恰恰利用身体的缺陷,把劣势转为优势,脱离险境。

我们恍然大悟。玩性不改的我们又兴冲冲地上山,从山头向山脚搜寻刚才逃逸的野兔。不久我们果真在野兔消失的山岭发现了啃食野草的兔子,我们蹑手蹑脚,并没有急于惊动它,而是分头站在高处从不同的方向包抄野兔,野兔迅速发现险情,立即跳出草丛企图向上逃跑,不料陷入了我们的包围圈,野兔只得向下逃跑。果如大人所言,慌乱的野兔向下跑得越快,栽的跟头越多,我们轻而易举地捕获了野兔。

推物及人,我们和野兔相比有时真的很相似,不同的是逆境中的人们向往顺境,把逆境当做绊脚石;而野兔却恰恰相反,在顺境中如履薄冰,向逆境深处走,反而如鱼得水,越走越开阔。

我们真的应该像野兔一样奔跑,跳出思维的定势,化劣势为优势,跑出光明的前景。

人生哲理

　　每个人都有自己的优势和劣势,但它们不是绝对的。我们要努力做的只是两件事——如何把自己的优势发挥出来,如何把自己的劣势变成优势发挥出来。

悬念中的哲理

一群旅游者正在一家海鲜馆里共进晚餐。他们一面品尝美味的饭菜,一面即兴谈天。鱼端上来了,大家七嘴八舌地讲起一些关于在鱼肚子里发现珍珠和其他宝物的趣闻轶事。

一位长者一直默默地听着他们闲聊,终于忍不住开口了:"听了你们每个人所讲的故事,都很精彩,现在我也讲一个吧。我年轻的时候,受雇于香港一家进出口公司。像所有年轻人一样,我和一位漂亮的姑娘相爱了,很快我们就订了婚。就在我们要举行婚礼的前两个月,我突然被派到意大利经办一桩非常重要的生意,不得不离开我的心上人。"

老人顿了顿,接着说:"由于出了些麻烦,我在意大利呆的时间比预期长了许多。当繁杂的工作终于了结的时候,我便迫不及待地准备返家。启程之前,我买了一只昂贵的钻石戒指,作为给未婚妻的结婚赠品。轮船走得太慢了,我闲极无聊地浏览着驾驶员带上船来的报纸,消磨时光。忽然,我在一份报纸上看到我的未婚妻和另一个男人结婚的启事。可想而知,当时我受到了怎样的打击。我愤怒地将我精心选购的钻石戒指向大海扔去。"

他沉默了一会,神情落寞地说:"回到香港后,我再也没有找女朋友,一个人孤单度日,转眼就是几十年。有一天,我来到一家海味馆,一个人闷闷不乐地进餐。一盘咸水鱼端上来了,我用筷子胡乱夹了些塞进嘴里,嚼了几下,忽然喉咙被一个硬东西哽了一下。先生们,你们可能已经猜出来了,我吃着什么了?"

"当然是钻戒!"周围的人肯定地说。

"不!"老人凄凉地说,"我开始也这么认为,饭毕才知道,是我一颗早就磨损得差不多、摇摇欲坠了的牙齿滑进了喉咙。"

这一次轮到大伙张大惊疑的嘴巴了。

给一个明确的思维指向,让人有了悬念,结局却拐了一个弯,背离了人们心中的愿望或者潜意识中的目标指向。其实,很多意想不到的结局正是生活中极易发生的平常事,而不是想像中的奇迹。

43

人生哲理

其实,人是很容易被蒙骗的,因为我们有发达的思维——所以就有摆脱不掉的思维定势。在这张大网中,我们随时有可能像鱼一样被高明的渔夫捕获。

欲 望

1823 年,大诗人拜伦已经开始失去欲望了,他的生活变得无聊,死一般的无聊。于是,他准备把自己的躯体献给战争。那年夏天,他跟着军队朝希腊进发,行军途中,他写信给诗人歌德,告诉他自己的苦恼。

那年,拜伦 35 岁,风华正茂。而歌德已 75 岁高龄了。一个年轻的生命没有生活目标,没有情人,不想结婚,更不敢谈恋爱,将生活寄托于一场战争。而另一个垂垂老矣的生命却正准备向一个年轻的女人求婚,他的情欲像一个年轻小伙一样旺盛。

歌德是在拜伦的鼓励下向那个只有 19 岁的姑娘求婚的,他对这场有着巨大的年龄差距的爱情充满了万丈激情。

事后得知的拜伦在异国他乡更加忧伤,他说自己是年轻的老人,而歌德是年老的年轻人。

一年后,他在没有结果的战争中病死。临死前他对医生说:"我对生活早就烦透了,我来希腊,就是为了结束我所厌倦的生活,你们对我的挽救是徒劳的,请走开!"

拜伦就这样死了。

而高龄的歌德还在那个青春靓丽的女子怀里享受着生活,他的诗作一篇比一篇华丽而又激情万丈。

　　让人迷失自己的有时是欲望，有时又是没有欲望。

　　八旬高龄的国画大师齐白石在新凤霞造访时，盯着这位美丽的女子使劲看，让旁人也觉得太突兀。别人提醒他不能这样看一个女人，齐老说："她美啊！"

　　八旬的老人还有激情，不可思议，但又值得庆幸，为他的生命和艺术。

人生哲理

　　　欲望，有时等同希望，是生命火焰的指示灯。欲望灭了，
　　人生还有什么赖以维系的动力呢？

受益一生的哲理故事

黑白老鼠

有一个人在森林中游玩的时候,突然遇见了一只饥饿的老虎,老虎大吼一声,扑了上来。

他立刻用生平最大的力气和最快的速度逃开,但是老虎紧追不舍,他一直跑、一直跑、一直跑,最后被老虎逼到了断崖边上。

站在悬崖边上,他想:"与其被老虎捉到,活活被咬、肢解,还不如跳入悬崖,说不定还有一线生机。"

他纵身跳下悬崖,非常幸运地卡在一棵树上,那是长在断崖边的梅树,树上结满了梅子——有一只黑白老鼠正在啃着树干。

正在庆幸的时候,他听到断崖深处传来巨大的吼声,往崖底望去,原来有一只凶猛的狮子正抬头看着他,狮子的声音使他心颤,他先是一阵惊慌,立刻又放心了,他想:"被老鼠咬断树干跌死,总比被狮子咬死好。"

情绪平复下来后,他感到肚子有点饿,看到梅子长得正好,就采了一些吃起来。他觉得一辈子从没吃过那么好吃的梅子,后来,他找到一个三角形的枝丫休息,他想,既然迟早都要死,不如在死前好好睡上一觉吧!他在树上沉沉地睡去了。

睡醒之后,他发现黑白老鼠不见了,老虎、狮子也不见了。他顺着树枝,小心翼翼地攀上悬崖,终于脱离险境。

原来,就在他睡着的时候,饥饿的老虎按捺不住,终于大吼一声,跳下悬崖。

黑白老鼠听到老虎的吼声,惊慌逃走了。

跳下悬崖的老虎与崖下的狮子展开激烈的打斗,双双负伤逃走了。

由我们诞生那一刻开始,苦难就像饥饿的老虎一直追赶着我们;死亡,就像一头凶猛的狮子,一直在悬崖的尽头等待,白天和黑夜的交替,就像黑白老鼠,不停地正用力咬着我们暂时栖身的生活之树,总有一天,我们会落入狮子的口中。

既然知道了生命中最坏的情景是死亡,唯一的路,就是安然地享受树上甜美的果子,然后安心地睡觉,只有抱着这样单纯的心,才能品尝到梅子的真正的美味。

47

人生哲理

　　生活是出悲喜剧,到底是悲多一点还是喜多一点,虽然与很多东西有关,但更取决于你的心态。很多时候,你的心态决定了你的生活质量。

沙堡与大海

虽然我一向喜欢登山，但是在这个晴朗的早晨，日出时的海滩向我展现出独一无二的美丽。当我来到空旷的海滩，两个孤独的身影映入我眼中：一个在喂海鸥，另一个在加固沙堡，抵御逼近的潮水。

我将自行车停在人行道上，向大海走去，边走边审视着喂海鸥的那个身影。那天然的优雅，流畅的动作，与大海构成和谐的一体。我认出了她，是奥利维娅阿姨。磨破的牛仔裤，褪色的 T 恤，头戴一顶棒球帽，远看活像十几岁的少年。在波涛轰鸣中，她如同在自家一般自如。

她并没有转过身来，却已感觉到我来了。"拿几片面包。"她温柔地对我说，信手递给我几片面包，而眼睛却仍注视着所喂的那对海鸥。当我捏碎面包时，头顶海鸥的鸣叫，带着咸味的海风，还有不远处保护沙堡的小男孩的身影，使我内心无比安宁。自从得知父母打算离婚，我很久不曾感受这种安宁了。所有的忧虑都抛在一边，我忽然感到更加自由轻盈，就像春天来临时脱去了冬衣。

最后一片面包也已经喂光，我和奥利维娅阿姨仍久久地看着那个男孩。最后她开口道："这个孩子的执著实在令人钦佩。他竭尽全力保护自己的沙堡，因为他用了美丽的贝壳装饰沙堡，把心和灵魂都倾注在其中。但是无论他筑多么高的墙，挖多么深的沟，大海永远更加强大。"

在她的话语声中，我注视着那个男孩。潮水越来越近，他也越来越忙乱。他拼命地挖着，每一波潮水都在他脸上增加一分忧惧。最后，奥利维娅阿姨拉着我的手，向水边走去。男孩仰起脸看着我们，起初似乎有些迷惑，接着便微笑起来。奥利维娅阿姨伸出另一只手，男孩离开沙堡，站起来拉住她的手。在我们三人的注视下潮水冲垮了沙墙，淹没了壕沟，将沙堡夷为平地。

看着装饰沙堡的贝壳散落下来，奥利维娅阿姨松开我们的手说："来，把贝壳收集起来。它们是沙堡最美丽的部分，用这些贝壳我们就可以在安全的地方建起一座新的沙堡。"

奥利维娅阿姨这番话将永远引导着我。当一次又一次不可抗拒的力量使我陷入困境时，是沙滩上的这一天，鼓舞我奋力重建新的生活。

人生哲理

以平静、乐观的态度，对待生活中的每一个事件，这是一种令人向往的境界。我们虽然暂时做不到，但我们不应该放弃。

49

只差三度

日本是东亚的一个蜂蜜消费大国,但是,本国的蜂蜜产量却一直上不去,原因是土生土长的日本蜜蜂不善采蜜。为了增大蜂蜜产量,有人引进了采蜜高手欧洲蜜蜂,期待它能创造奇迹。

不幸的是,欧洲蜜蜂引进不久,却遭遇到蜜蜂的天敌——大黄蜂的大举进攻,它们成群结队而来,残忍地杀死所有成年蜜蜂,然后把尚处在幼年的蜂蛹掳去,给它们的幼蜂当美餐。这样,欧洲蜜蜂的引进计划遭到惨败。

尽管引进欧洲蜜蜂失败了,可人们并未因此放弃,他们把注意力重新移向了老朋友——日本蜜蜂。同样是受到大黄蜂的生命威胁,欧洲蜜蜂绝迹了,日本蜜蜂却安然无恙,这一切是为什么呢?

带着巨大的疑问,人们找到了一个日本蜜蜂的蜂巢,细心地观察,终于发现了日本蜜蜂对付大黄蜂的独特办法:大黄蜂对蜜蜂发动袭击时,先派了一个信使出来侦察,想打探好虚实后再集体出动。当大黄蜂的信使飞到日本蜜蜂蜂巢确定方位、标出记号时,蜂巢内的数万只日本蜜蜂发现了这个不速之客。它们很快倾巢而出,飞到大黄蜂的身上,眨眼间就里三层外三层裹紧了它。人们想象着悲壮的一幕:数千只蜜蜂把它们体内的毒刺刺入大黄蜂体内把它毒死,然后自己也随敌人死去！因为蜜蜂的毒刺没有了蜜蜂也就活不长了。

可是，这一幕并没有发生，相反，蜜蜂们不断同时扇动着翅膀，形成巨大的嗡嗡声。过了十几分钟，奇迹发生了：大黄蜂在群蜂的包裹下渐渐失去了活力，不再挣扎，最终死亡！这不禁让围观者目瞪口呆。

原来，蜜蜂虽然弱小，它的生命极限温度却比大黄蜂的高 3℃，即 49℃，而大黄蜂的为 46℃。当大黄蜂信使来打探时，日本蜜蜂知道只有把它杀死才能避免灭顶之灾，而又不能同对方硬拼，于是采取了最聪明也最危险的一招：它们集体合围大黄蜂，利用扇动翅膀产生的热量使大黄蜂的体温上升，达到 46℃，前后过程持续十几分钟，这样，恰好使大黄蜂体液沸腾而被热死，同时又使自己的体温始终保持在 49℃ 以下，从而成功地完成了自救的目标。

日本蜜蜂利用集体的力量和智慧，战胜了大黄蜂，保存了群体。而它们所凭借的，竟是看似微弱的 3℃ 的极限体温优势。与之相比，人类却有着好大喜功和盲目乐观、盲目悲观的天性：看到优势明显就兴高采烈，急躁冒进；优势微弱则陷入悲观，甚至过早放弃；而在面对不太大的困难时，又容易将其夸大，产生畏难心理，使原本充足的信心走向崩溃——对比小小的蜜蜂，我们是否该深刻反省？

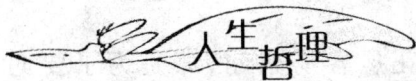

51

受益一生的哲理故事

人生哲理

　　即使微弱的差距，结局也会截然相反。所以，大千世界中的人生之所以不同，就因为人和人之间总有那么一点小小的差距。

花贩的哲学

1.有一位花贩告诉我,几乎所有的白花都很香,愈是颜色艳丽的花愈是缺乏芬芳,他的结论是:人也一样,愈朴素单纯的人,愈有内在的芳香。

2.有一位花贩告诉我,夜来香其实白天也很香,但是很少闻得到,他的结论是:因为白天人的心太浮了,闻不到夜来香的香气。如果一个人白天的心也很沉静,就会发现夜来香、桂花、七里香,连酷热的中午也是香的。

3.有一位花贩告诉我,清晨买莲花一定要挑那些盛开的,结论是:早上是莲花开放最好的时间,如果一朵莲花早上不开,可能中午 1 和晚上都不开了。我们看人也是一样,一个人在年轻的时候没有志气,中年或晚年就更难有志气了。

4.有一位花贩告诉我,愈是昂贵的花愈容易凋谢,那是为了要向买花的人说明:要珍惜青春呀,因为青春是最名贵的花,最容易凋谢。

5.每一株玫瑰都有刺,正如每一个人的性格中,都有你不能容忍的部分。

爱护一朵玫瑰,并不是得努力把它的刺根除,只能学习如何不被它的刺刺伤,还有,如何不让自己的刺刺伤心爱的人。

其实,生活就像洋葱,一片一片地剥开,总有一片会让我们流泪。

我们最初的追寻,是为了什么？要寻找多久？

能不能最终得到,是不是真的有那么重要？

人生哲理

　　所谓一花一世界,一叶一菩提。生活的每点每滴中都富含生命的哲学。小小花贩,只要有心,也是充满智慧的哲学家。

53

受益一生的哲理故事

为何团团转

一个后生来到一座寺庙,在路上他看到了一件有趣的事,想以此考考老师父,冷不防地问了一句:"为何团团转?""皆因绳未断。"老师父随口答道。

后生听了,顿时目瞪口呆:"你怎么知道的?"后生接着说,"我在路上看到一头牛被绳子穿了鼻子拴在树上,牛想离开这棵树,到草地上去吃草,但它转过来转过去都不得脱身。我以为师父没看见,肯定答不出来,哪知师父出口就答对了。"

老师父微笑着说:"你问的是事,我答的是理,你问的是牛被绳缚而不得解脱,我答的是心被俗务纠缠而不得超脱,一理通百事啊!"

人生哲理

大智慧的境界是:胸中无一物而囊括万物,心中超脱俗尘而俗尘尽收眼底。

坐在生活的前排

在课堂上,万教授经常会提出一些看似漫不经心的提问。

比如有一次,万教授问道:"世界第一高峰是哪座山?"如此小儿科的问题大家当然不屑一答,仅用最低的分贝附和:珠穆朗玛峰。谁知教授紧接着追问:"世界第二高峰呢?"这下,大家可傻了,有人争辩道:"书上好像没有见过!"教授不置一词,再问:"那么,第一个进入太空的人是谁?"不料,此次没有人敢回答了。不是忘记了加加林,而是因为大家都知道教授的下个问题,痛苦的是不知道第二个人是谁。教授转过了身,黑板上飞快出现了一行字:屈居第二与默默无闻毫无区别!

教授接着陈述了他的一项实验结论。12 年前,教授曾要求他的学生毫无顺序地进入了一个宽敞的大礼堂,并独自找个座位坐下。反复几次后,教授发现有的学生总爱坐前排,有的学生则盲目随意,四处都坐,还有一些学生似乎特别钟情于后面的位置,教授分别记下他们的名字。

10 年后,教授对他们的调查结果显示:爱坐前排的学生中,成功的比例高出其他两类学生很多。

最后,教授语重心长地说:"不是说一定要站在最前、永远第一,而是说这种积极向上的心态十分重要。在漫长的人生中,你们一定要永争第一,积极坐在前排呀!"

人生哲理

态度决定习惯,习惯决定性格,性格决定命运。原来,我们的命运已在我们的态度中潜藏着了。

价 值

　　农夫家里养了四只小羊，三只白的，一只黑的。三只小白羊常常因为有雪白的皮毛而骄傲，而对那只小黑羊不屑一顾："你自己看看身上像什么，黑不溜秋的，像锅底。""依我看呀，像炭团。""像穿了几代的旧被褥，脏死了！"

　　不只是小白羊，就连农夫也瞧不起小黑羊，常常给它吃最差的草料，时不时还对它抽上几鞭。小黑羊过着寄人篱下的日子，也觉得自己比不上那三只小白羊，常常伤心地独自流泪。

　　初春的一天，小白羊与小黑羊一起外出吃草，走得很远。不一股料寒流突然袭来，下起了鹅毛大雪，它们躲在灌木丛中相互依偎着……

　　不一会儿，灌木丛和周围全铺满了雪，雪天雪地雪世界。它们打算回家，但雪太厚了，无法行走，只好挤做一团，等待农夫来救它们。

　　农夫发现四只羊羔不在羊圈里，便立刻上山找，但四处一片雪白，哪里有羊羔的影子呀。正在这时，农夫突然发现远处有一个小黑点，便快步跑去。到那里一看，果然是他那濒临死亡的四只羊羔。

　　农夫抱起小黑羊，感慨地说："多亏小黑羊呀，不然，羊儿可都要冻死在雪地里了!"

人生哲理

　　很多时候,我们是肤浅的,我们是偏见的,我们是固执的。幸亏现实会不时地以事实警醒我们:尺有所短,寸有所长,千万别以貌取人。

不要放弃希望

因为小儿麻痹症，她从小就知道自己跟别人不一样，随着年龄的增长，她的忧郁和自卑感越来越重，甚至，她拒绝和任何人交往。但也有个例外，邻居家那个只有一只胳膊的老人却成为她的好伙伴。老人是在一场战争中失去一只胳膊的，老人非常乐观，她非常喜欢听老人讲的故事。

这天，她被老人用轮椅推着去附近的一所幼儿园，操场上孩子们动听的歌声吸引了他们。当一首歌唱完，老人说着："我们为他们鼓掌吧！"她吃惊地看着老人，问道："我的胳膊动不了，你只有一只胳膊，怎么鼓掌啊！"老人对她笑了笑，解开衬衣扣子，露出胸膛，用手掌拍起了胸膛……。

那是一个初春，风中还有着几分寒意，但她却突然感觉自己的身体里涌动起一股暖流。老人对她笑了笑，说着："只要努力，一只巴掌一样可以拍响。你一样能站起来的！"

那天晚上，她让父亲写了一个纸条，贴到了墙上，上面是这样的一行字：一只巴掌也能拍响。那之后，她开始配合医生做运动。甚至在父母不在时，她自己扔开支架，试着走路。蜕变的痛苦是牵扯到筋骨的。她坚持着，她相信自己能够像其他孩子一样行走，奔跑……。

11 岁时,她终于扔掉支架。她又向另一个更高的目标努力着,她开始锻炼打篮球和田径运动。1960 年罗马奥运会女子 100 米跑决赛,当她以 11 秒 18 第一个撞线后,掌声雷动,人们都站起来为她喝彩,齐声欢呼着这个美国黑人的名字:"威尔玛·鲁道夫。"那一届奥运会上,威尔玛·鲁道夫成为当时世界上跑得最快的女人,她共摘取了 3 枚金牌,也是第一个黑人奥运女子百米冠军。

受益一生的哲理故事

人生哲理

任何时候都不要放弃希望,哪怕只剩下一只胳膊;任何时候都不要放弃梦想,哪怕残疾得不能行走。

一张罚单

　　大家都知道，德国是个高度发达的工业化国家，说到奔驰、宝马、西门子、博世……没有人不知道，世界上用于核反应堆中最好的核心泵也是在德国一个小镇上产生的。在这样一个发达国家，人们的生活一定是纸醉金迷灯红酒绿吧。

　　在去德国考察前，我们在描绘着、揣摩着这个国度。到达港口城市汉堡之时，我们习惯先去餐馆，公派的驻地同事免不了要为我们接风洗尘。

　　走进餐馆，我们一行穿过桌多人少的中餐馆大厅，心里犯疑惑：这样冷清的场面，饭店能开下去吗？更可笑的是一对用餐情侣的桌子上，只摆有一个碟子，里面只放着两种菜，两罐啤酒，如此简单，是否影响他们的甜蜜聚会？如果是男士买单，是否太小气，他不怕女友跑掉？

　　另外一桌是几位白人老太太在悠闲地用餐，每道菜上桌后，服务生很快给她们分配，然后被她们吃光。

　　我们不再过多注意她们，而是盼着自己的大餐快点上来。驻地的同事看到大家饥饿的样子，就多点了些菜，大家也不推让，大有"宰"驻地同事的意思。

　　餐馆客人不多，上菜很快，我们的桌子很快被碟碗堆满，看来，今天我们是这里的大富豪了。

狼吞虎咽之后，想到后面还有活动，就不再恋酒菜，这一餐很快就结束了。结果还有三分之一没有吃掉，剩在桌面上。结完账，个个剔着牙，歪歪扭扭地出了餐馆大门。

出门没走几步，餐馆里有人在叫我们。不知是怎么回事：是否谁的东西落下了？我们都好奇，回头去看看。原来是那几个白人老太太，在和饭店老板叽哩呱啦说着什么，好像是针对我们的。

看到我们都围来了，老太太改说英文，我们就都能听懂了，她在说我们剩的菜太多，太浪费了。我们觉得好笑，这老太太多管闲事！"我们花钱吃饭买单，剩多少，关你老太太什么事？"同事阿桂当时站出来，想和老太太练练口语。听到阿桂这样一说，老太太更生气了，为首的老太太立马掏出手机，拨打着什么电话。

一会儿，一个穿制服的人开车来了，称是社会保障机构的工作人员。问完情况后，这位工作人员居然拿出罚单，开出 50 马克的罚款。这下我们都不吭气了，阿桂的脸不知道扭到哪里去了，也不敢再练口语了。驻地的同事只好拿出 50 马克，并一再说："对不起！"

这位工作人员收下马克，郑重地对我们说："需要吃多少，就点多少！钱是你自己的，但资源是全社会的，世界上有很多人还缺少资源，你们不能够也没有理由浪费！"

我们脸都红了。但我们在心里却都认同这句话。一个富有的国家里，人们还有这种意识。我们得好好反思：我们是个资源不是很丰富的国家，而且人口众多，平时请客吃饭，剩下的总是很多，主人怕客人吃不好丢面子，担心被客人看成小气鬼，就点很多的菜，反正都有剩，你不会怪我不大方吧。

事实上，我们真的需要改变我们的一些习惯了，并且还要树立"大社会"的意识,再也不能"穷大方"了。那天,驻地的同事把罚单复印后,给每人一张做纪念,我们都愿意接受并决心保存着。阿桂说,回去后,他会再复印一些送给别人,自己的一张就贴在家里的墙壁上,以便时常提醒自己。

人生哲理

　　"钱是你自己的,但资源是全社会的",说这句话需要素质,同样,理解这句话也需要素质,还有宽广的胸怀。你理解吗?

日行一善

他父亲是位大庄园主。

7岁之前,他过着钟鸣鼎食的生活。19世纪60年代,他所生活的那个岛国,突然掀起一场革命,他失去了一切。

当家人带着他在美国的迈阿密登陆时,全家所有的家当,是他父亲口袋里的一叠已被宣布废止流通的纸币。

为了能在异国他乡生存下来,从15岁起,他就跟随父亲打工。每次出门前,父亲都这样告诫他:只要有人答应教你英语,并给一顿饭吃,你就留在那儿给人家干活。

他的第一份工作是在海边小饭馆里做服务生。由于他勤快、好学,很快得到老板的赏识。为了能让他学好英语,老板甚至把他带到家里,让他和他的孩子们一起玩耍。

一天,老板告诉他,饭店供货的食品公司将招收营销人员,假若乐意的话,他愿意帮助引荐。

于是,他获得了第二份工作,在一家食品公司做推销员兼货车司机。

临去上班时,父亲告诉他:"我们祖上有一遗训,叫'日行一善'。在家乡时,父辈们之所以成就了那么大的家业,都得益于这四个字。

现在你到外面去闯荡了,最好能记着。"

也许就是因为那四个字,当他开着货车把燕麦片送到大街小巷的夫妻店时,他总是做一些力所能及的善事,比如帮店主把一封信带到另一个城市;让放学的孩子顺便搭一下他的车。就这样,他乐呵呵地干了4年。

第五年,他接到总部的一份通知,要他去墨西哥,统管拉丁美洲的营销业务,理由据说是这样的:该职员在过去的4年中,个人的推销量占佛罗里达州总销售量的40%,应予重用。

后来的事,似乎有点顺理成章了。他打开拉丁美洲的市场后,又被派到加拿大和亚太地区;1999年,被调回了美国总部,任首席执行官。

就在他被美国猎头公司列入可口可乐、高露洁等世界性大公司首席执行官的候选人时,美国总统布什在竞选连任成功后宣布,提名卡罗斯·古铁雷斯出任下一届政府的商务部部长。这正是他的名字。

现在,卡罗斯·古铁雷斯这个名字已成为"美国梦"的代名词,然而,世人很少知道古铁雷斯成功背后的故事。前不久,《华盛顿邮报》的一位记者去采访古铁雷斯,就个人命运让他谈点看法。古铁雷斯说了这么一句话:一个人的命运,并不一定取决于某一次大的行动,我认为,更多的时候,取决于他在日常生活中的一些小小的善举。

后来,《华盛顿邮报》以"凡真心助人者,最后没有不帮到自己的"为题,对古铁雷斯做了一次长篇报道,在这篇报道中,记者说,古铁雷斯发现了改变自己命运的简单的武器,那就是"日行一善"。

人生哲理

　　日行一善,积善成德;日行一善,其乐无边。助人者必自助,一个人、一个群体,凡真心助人者,最后没有不帮到自己的。

四头骡子

一个人开车迷了路，他边开车边查看地图，一不小心，车陷在乡间小路边的壕沟里。他虽然没有受伤，但车却深深地陷在淤泥里了。看到不远处有一个小农舍，这个人便去求援。

走进农舍小院，他发现根本没有汽车或其他现代化机械。马圈里唯一的牲口是头衰老的骡子。开车人本来以为农舍的主人会说这骡子太瘦弱不能帮忙。可农夫爽快地指着那头老骡子说："没问题，沃里克可以把你的车拉出来！"

开车人看了看憔悴的骡子，担心地问："你确定它能行？这附近可有其他农场？""住在这附近的只有我一个人。别担心，老沃里克能胜任。"农夫自信地说。

农夫把绳子一端固定在汽车上，另一端固定在骡身上。一边在空中把鞭子抽得"啪啪"响，一边大声吆喝，"拉啊，夫兰德！拉啊，杰克！拉啊，泰迪！拉啊，沃里克！"没多一会儿，小轿车就被老沃里克毫不费力地拉了出来。

开车人又惊又喜。再三谢过农夫后，他忍不住问，"你赶沃里克的时候，为什么要装作还赶着其他骡子的样子？你喊沃里克之前，为什么还喊了那么多别的名字呢？"

农夫拍了拍老骡子，笑着说，"我喊的都是我原来那些骡子的名字，它们以前都和老沃里克一起拉过车。老沃里克是头瞎骡子，只要它以为自己在队伍之中，有朋友帮忙，干活就特别有劲，连年轻力壮的骡子都比不过它。"

人生哲理

在心灵深处，人类保留着原始人群居的远古遗传，所以，人类渴望朋友就像渴望水一样；所以，置身于团队中，我们的才华更能充分地发挥出来。

走 路

一个人要到某个离他的住所很近的地方去。

正因为近,这个人就不着急,迟迟不愿动身。"什么时候想走,一抬腿就到了。"他安慰自己。

他每天要喝功夫茶,要打麻将牌;要看电视,要听音乐;要吃饭,要睡觉。总而言之,吃喝拉撒,要做的事情太多太多,他太忙太忙。

他没有忘记自己还要赶路。可是真到下决心要走时,就又安慰自己:"反正一抬腿就到了,喝足了茶再去也不晚。""反正一抬腿就到了,过过牌瘾再去也不晚。""反正一抬腿就到了,看会儿电视再去也不晚。"

路程虽然很近,但这个人始终没能到达目的地。人不抬腿,再近也到不了哇!

人生哲理

不积跬步,无以至千里;不积小流,无以成江海。

人生之路,正是由一小段一小段的路程组成的。

可爱的花儿和可怕的陷阱

非洲有一种非常灵巧的小鸟,叫花鸟。

有一天,一只花鸟正在树林子里自由地飞,忽然,一只大鹰朝她飞了过来。花鸟急忙飞落到树的枝头上,张开双翼,远远望去,就像五个美丽的花瓣。而她的小脑袋呢,则像鲜艳迷人的花蕊。"那个小飞鸟呢?"大鹰飞过来说。他一扭头,看见了枝头上的花鸟,就赞美说:"呵,多么美丽的花儿啊。"正巧,采吸花蜜的蝴蝶妈妈和她漂亮的小女儿也飞过来了。小蝴蝶一瞧见花鸟也说:"妈妈,快看,多么美丽的花儿啊。"

蝴蝶妈妈盯着花鸟仔细地看了看,慌忙拦住要飞过去的小女儿说:"孩子,别过去。那是花鸟。在鹰的眼里,也许她真的是一朵美丽的花,可对于我们这些小昆虫来说,她却是一个可怕的陷阱啊。"

人生哲理

相同的事物对不同的人来说可能具有截然不同的性质。我们要做的就是保持清醒,准确判断。要知道,适合别人的却不一定适合自己。

小狮子的下场

一头贪玩的小狮子因为跑得太远而远离了狮群,不幸遭遇了几只鬣狗。

本来,小狮子这时候还有机会逃跑,但由于过分自傲,他却放弃了机会。

"我是狮子。"小狮子把胸脯拍得啪啪响。

"不错。"领头的鬣狗说,"如果你是一只成年狮,那么你是强者,我们是弱者。而今你还是一头幼狮,你是弱者而我们是强者,大自然的生存规律就是弱肉强食。"说完,鬣狗们便扑过去把小狮子咬死吃掉了。

71

人生哲理

谁也并非天生就是强者,在还没有成为强者之前,为了生存,首先要做的,是学会如何保护自己。

土著的"本能"

一队伐木工人进驻高山林区,由于山上的气温和平地相差极大,又得随时提防因山区大雨所造成的山洪暴发,这群伐木工人一直相当注意气候的变化。

在林场的日子久了,他们和当地的土著渐渐熟悉了,他们发现土著们有着一种特殊的本能,能准确地预测第二天的天气,只要土著断言第二天不会下雨,就必定是晴朗的好天气。

从此以后,伐木工人不再收听收音机的预报,改为向土著请教天气的变化,而土著也不厌其烦地每天准确预报。

伐木工人对于土著这种令人难以置信的本事非常佩服,直到有一天土著告诉他们说,再也无法预报天气了。

伐木工人大感诧异,问道:"为什么不能,难道你们的本事在一夜间全都失去了?"

土著严肃地回答:"收不到……。"

伐木工人更是诧异:"什么收不到?"

土著说:"我们族里有一部收音机,天线昨晚被小孩弄断了,再也收不到……"

我们在面对许多事物时,也会发生类似伐木工人的误解,被事物的表面现象所迷惑,而忽略了探求背后真正的原则。

　　盲目地迷信权威,而忘了自我本质的提升,是值得我们深切注意的问题。事实上,你的内心当中,原本存在着许多值得开发的宝藏,或许是你忙于追求外界的教导,而无暇去发掘这些完全属于你自己的宝藏。

人生哲理

　　由于世事的纷乱烦扰,自己的浮躁浅薄,我们往往会被某些事物的表面现象所迷惑,而不知道它内在的本质。这导致了愚昧。

天使为什么能够飞翔

世界上的很多事情是说不清楚的,在一家医学院学习的梅子,居然和她的另外5位寝友到了同一所医院实习。因为她们学习的专业相同,她们都被安排在妇产科实习。

在学校能够一起学习生活,实习又能够在一起,这让六姐妹非常欢喜。但没有多久,一个问题残酷地摆到六姐妹面前,这所医院最后只能留用其中一人。

能够留在这所省内最高等级的医院工作是六个好姐妹的共同渴望,但是她们又不得不面对"有你无我,有我无你"的残酷竞争与淘汰。

临近毕业的日子越来越近,六姐妹的较量也越来越激烈,但她们始终相互激励着,相互祝福着。

院方为了确定哪一名被留用,举行了一次考核,结果出来了,面对同样出色的六姐妹,院方一时也不知道该如何取舍。但现实是,院方只能够留用一人。

六姐妹中,开始有人表示自己家在外省,更喜欢毕业后能够回到家乡;有的人干脆说家乡的小县城已经有医院同意接收她……。美丽的谎言感动着一个又一个人。

这天,六姐妹都突然接到一个相同的紧急通知,一名待产妇就要生产,医院需要立刻前往她家中救治。六姐妹急匆匆地上了急救车。一名副院长、一名主任医生、6名实习医生、2名护士同时去抢救一名待产妇,如此隆重的阵势让六姐妹都感觉到一种前所未有的紧张。

有人悄悄地问院长,是什么样的人物,需要这样兴师动众?

院长简单地解释道："这名产妇的身份和情况都有些特殊,让你们都来,也是想让你们都不要错过这个机会,你们可都要认真观察学习。"车内一片沉寂。待产妇家很偏僻,急救车左拐右拐终于到达时,待产妇已经折腾得满头汗水。医护人员七手八脚把待产妇抬上急救车后,发现了一个问题,车上已经人挨人,待产妇的丈夫上不来了。

人们知道,待产妇到达医院进行抢救,是不能没有亲属在身边办理一些相关手续的。人们都下意识地看向副院长,副院长低头为待产妇检查着,头都未抬地说道:"快开车!"所有人都怔住了。

不知道该如何是好。这时候,梅子突然跳下了车,示意待产妇的丈夫上车。

急救车风驰电掣地开往医院,等梅子气喘吁吁赶回到医院的时候,已经是半小时后了。

在医院门口,她被参加急救的副院长拦住了,副院长问她:"这么难得的学习机会,你为什么跳下了车?"

梅子擦着额头的汗水回答道:"车上有那么多医生、护士,缺少我不会影响抢救的。但没有病人家属,可能会给抢救带来必要的影响。"

3天后,院方的留用结果出来了,梅子成为幸运者。院长说出了理由:"3天前的那一场急救是一场意外的测试。将来无论你们走到哪里,无论从事什么职业,都应该记住一句话:"天使能够飞翔,是因为把自己看得很轻。"

受益一生的哲理故事

人生哲理

当我们因为想着别人而忘了自己时,更多的人已经把你放在了他们心里。

蝎子什么时候该死

甲乙两个和尚一起值更时，甲和尚感到脚上有东西在爬，用手一抚，被蝎子蛰了，疼痛难忍之际，他马上端来蜡烛，捉住了那只蝎子。

乙和尚就连声阿弥陀佛，非常冷静地说："上天有好生之德，出家之人慈悲为怀，不可杀生，还是放它一条生路吧。再说了，它也许是误会了，以为你要伤害它才出于自卫而为之。并没有故意伤害你的恶意，见你出手才……。"

经过乙和尚一番劝说、开导之后，甲和尚就打消了惩罚蝎子的念头，随手将它放了。

三天之后的又一个晚上，甲乙两个和尚又一起值更的时候，乙和尚刚往蒲墩上一坐，忽然接的屁股一阵刺痛，他哎呀一声站了起来。原来他的屁股也被蝎子蛰了一下。

甲和尚赶紧去拿蜡烛来照，没等甲和尚端来蜡烛，乙和尚就气急败坏地朝蒲墩上乱踩一番。待烛光映亮蒲墩时，那只蝎子已经被踩得稀巴烂了。

当甲和尚口念阿弥陀佛未及说话时，乙和尚就气愤愤地说："那天它蛰你，我为它讲情，救了它的性命，它居然恩将仇报，又把我蛰了，这个没良心的，确实该死……。"

人生哲理

　　当伤害和痛苦发生在别人身上时,旁观者往往因体会不到而表情冷漠;一旦轮到自己身上,感觉就不一样了。这大概就是人性吧。

两片海洋

在巴勒斯坦,有两片世界闻名却迥然相异的海洋。

约旦河从山坡上流下,溅起银色的水花,汇入这片海洋。它在阳光下欢笑。

它是一片活水,波光粼粼,里头有鱼,沿岸绿意盎然。树木在它上面伸长枝干,又伸出饥渴的根须,啜饮它那能滋养生灵的水分。人们在海边建起房屋,小鸟在树上筑巢。由于这一片海,每一种生命都更加快乐。

这是加里利海。

约旦河往南流,有另一片海洋。

这里没有鱼儿游动,没有树影婆娑,没有小鸟歌唱,也没有儿童嬉笑。这里的空气沉滞地浮在水面,没有任何人或飞禽走兽会喝下它的水。

它的名字叫死海。

是什么原因让这两片邻近的海洋产生天壤之别?不是约旦河——它把同样美好的河水灌注到两者身上;也不是它躺卧的土壤,更不是四周的乡野。

差别在这里。加里利海接受了约旦河的水,却不把河水留下来。

于是流进它的每一滴河水，最后又都无私地流了出去。这片海洋的付出与接受的数量一样多。

死海则把得到的河水都储藏起来，慷慨的流动也引诱不了它。得到的每一滴水，它都纳为己有。

加里利海又接受，又付出，所以生机勃发，活力四射。死海却吝于付出，最终死气沉沉，腐朽不堪。

世界上有两种人，巴勒斯坦有两片海。

人生哲理

当你心胸博大时，你忘记了自己，但你拥有了整个世界；当你狭隘自私时，你时刻想着自己，但你拥有的也仅仅是你自己。

一纱之隔

有个已经出家几年了的小和尚，对佛理一直不得要领。更遗憾的是，他一直未能从世俗的纠葛中挣脱出来。

一天，他在万般无奈中去找方丈求教，方丈听了他的诉说后，微微一笑说："你既然能来找我诉说，就说明你有慧眼，你的悟性就差一层薄纱了，这样吧，你回去蒙上被单睡一觉，就能领悟了。"

小和尚听了方丈的话，回到自己的卧室蒙头就睡。可他刚刚入睡，方丈就带着几个身强力壮的和尚来到他的卧室，他们二话不说，上来就用他身上的被单把他裹了个严严实实、密不透风，连鼻子、嘴都蒙住了。

他从梦中惊醒，不知发生了什么事，只感到自己就要窒息了。为了活命，他本能地使出全身的力气一下就把被单给撑破了，由于用力过猛，自己还掉下了床。

当他看到站着的方丈时，非常惊讶："不是您让我睡的吗？怎么又带人来捆我？"

方丈呵呵一笑说："你挺厉害的嘛，一下就挣脱了。"

"能不挣脱吗？我都快被憋死了！"小和尚委屈地说。

"是啊，即使遭受再厉害的束缚，只要你拼命地挣扎，也是能在瞬间挣脱的。"方丈意味深长地说。小和尚顿时领悟,他感激地对方丈说:"多谢师父点化。"

人生哲理

　　大多数人并不了解自己的潜力到底有多大,因为他们从来未被逼入绝境。而那些能够突然爆发之人,多有过不堪回首的经历。所谓置于死地而后生,大概说的就是这个道理吧。

把奖赏变成惩罚

一位名叫珍克拉克的美国女学生,从 1966 年 1 月 4 日至 6 月 7 日,连续打了 154 天喷嚏,除了睡熟之外,平均每 4 分钟便打一个。由于连续不断地打喷嚏,她的头部与胸部剧痛,呼吸与饮食困难,经常抽筋、呕吐,全身乏力,其身心之痛楚与生活之不便,实非常人所能体会。

珍克拉克的病患引起了专家们的重视和人们的广泛同情。在 5 个多月的时间里,美国的许多神经系统专科医生、内科专家、后天免疫专家、喉鼻科专家、催眠术专家等纷纷前来诊视,但都异常困惑,束手无策。他们在她身上使用各种药物和疗法,不少同情者甚至寄来"祖传秘方",也均无济于事。

6 月 7 日这天,一位 39 岁,来自迈阿密的心理科专家古殊纳医生答应帮助珍克拉克。治疗开始,古殊纳医生在珍克拉克两个前臂上安装两个电极,然后用一个扩音器挂在她的颈项前面。当她打喷嚏时,扩音器便将喷嚏的音波传到一个敏感的电掣上,这个电掣跟着通过安在她双臂上的两个电极,发出一种温和而"非常不舒服"的电击作用。她打一个喷嚏,就立即受到一次"不舒服"的电击。再打喷嚏,再被电击。如此长达 4 个钟头。

珍克拉克是在下午 12 时 40 分开始接受治疗的,起初她每隔 40

秒钟打一个喷嚏。在第一个 30 分钟，她打了 22 次喷嚏；第二个 30 分钟，只打了 12 次喷嚏；第三个 30 分钟，减少到 3 次；第四个 30 分钟，只打了 1 次；到下午 3 点钟时，她的喷嚏完全停止了。至此，这种出现在珍克拉克身上的反复无常的怪症被有效地制服了。珍克拉克高兴得热泪滚滚。

古殊纳医生透露了他的治疗"秘笈"："如果一个小孩触摸一个灼热的火炉时，他会遭到惩罚——被烫得哇哇大哭，结果他以后就不敢去触摸火炉了。就珍克拉克的喷嚏来说，当然有某些因素诱发她开始这样打喷嚏。她已经养成一种令她无法免除的反常的行为习惯，因为她的喷嚏可以获得奖赏，即来自各地数以万计的人同情、关注。可是，我使用的电击，却中断她获得奖赏而让她受到惩罚。"

人生哲理

当一个人的思路变得越来越窄的时候，不妨把原来的思维方式颠倒过来，或许你会发现，前面豁然开朗。

死蛇咬人

美国亚利桑那州盛产响尾蛇,那里毒蛇咬人的意外时有发生。响尾蛇有剧毒,如果伤者不立即接受治疗,便有生命危险。亚利桑那州的菲尼克斯医院曾对被响尾蛇咬伤的急诊病人做过统计。医生们意外地发现,很多病人是被死蛇咬伤,甚至丧命的。

那些死蛇,有的是被枪打死的,有的是被刀砍死的,蛇身已经被砍成两截。但没有经验的人,用手一碰,死蛇的头却突然弹起,狠狠地反咬他一口。在医学上这叫"条件反射"。实验证明,蛇头被切下一个小时后,它的肌肉仍然可以做出强有力的扑咬动作。

没有经验的人,疏忽大意的人最容易被"死蛇"伤害。

人生哲理

恶习、敌人就像死去的毒蛇,有时看似已经被铲除,其实还暗藏着巨大的危险。一旦我们麻痹大意时,它们就会卷土重来。

两只蚂蚁

由于一时疏忽大意,两只蚂蚁误入玻璃杯中。

他们慌张地在玻璃杯底四处触探,想寻找一个缝隙爬出去。不一会儿,他们便发现,这根本不可能。于是,他们开始沿着杯壁向上攀登。看来,这是通向自由的唯一路径。

但是,玻璃的表面实在太光滑了,他们刚爬了没几步,便重重地跌了下去。

揉揉摔疼了的身体,爬起来,再次往上攀登。很快,他们又重重地跌到杯底。

三次、四次、五次……有一次,眼看就快爬到杯口了,可惜,最后一步却失败了,而且,这一次比哪次都摔得重,比哪次都摔得疼。

过了很久,他们才喘过气来。一只蚂蚁一边揉着屁股,一边说:"咱们不能再冒险了。否则,会摔得粉身碎骨的。"

另一只蚂蚁说:"刚才,咱们离胜利不只差一步了吗?"说罢,他又重新开始攀登。

一次又一次跌倒,一次又一次攀登,他到底摸到了杯口的边缘,用最后一点力气,翻过了这道透明的围墙。

隔着玻璃,杯子里的蚂蚁既羡慕又忌妒地问:"快告诉我,你获得成功的秘诀是什么？"

杯子外边的蚂蚁回答："接近成功的时候可能最困难。谁在最困难的时候也不丧失信心，谁就可能赢得胜利。"

人生哲理

执著是一种可贵的品质。只要找到了正确方向，持之以恒的努力、在最困难时候的坚持，是通向成功的光明之途。

"跌倒"的时候

在某一年的晚会上,当时还是中央电视台节目主持人的杨澜,正满面春风地向舞台上走去,不料没看清脚底,被什么东西绊了一下,一下子跌倒在地,所有的人都愣住了,只见杨澜面带笑容地爬起来,掸净衣服上的土,开玩笑地说了句:"这一跤摔得实在不够专业。"众人听了也都哄然大笑,一个尴尬的场面就这样被轻松化解了。

在一次奥斯卡的颁奖典礼上,一位刚刚获奖的女演员准备上台领奖,也许是因为太兴奋、激动了,被自己的晚礼服长裙绊了脚,摔倒在舞台边上,全场都静默了,因为还从来没有人在这样全球直播的盛大的晚会上跌倒过。她迅速地起身,从主持人手中接过奖杯,发布获奖感言时,她真挚而感慨地说:"为了走到这个位置,实现我的梦想,我这一路走得艰辛坎坷,甚至有时跌跌撞撞。"机智、真诚的话语使她成为那个晚上最耀眼的明星。

人生哲理

每个人都难免有"跌倒"的时候,"跌倒"后的懊恼、后悔、自责都于事无补,坚强地站起来,用智慧化解它,才是强者所为。

两只老虎

有两只老虎，一只在笼子里，一只在野地里。在笼子里的老虎三餐无忧，在外面的老虎自由自在。

笼子里的老虎总是羡慕外面老虎的自由，外面的老虎却羡慕笼子里的老虎安逸。一日，一只老虎对另一只老虎说："咱们换一换。"另一只老虎同意了。

于是笼子里的老虎走进了大自然，野地里的老虎走进了笼子。但不久，两只老虎都死了。一只是饥饿而死，一只是忧郁而死。

88

人生哲理

许多时候，人们往往对自己的幸福熟视无睹，却觉得别人的幸福甜美诱人，却想不到别人的幸福也许对自己并不合适。

思维跳槽

有两个南方商人,他们各自带了一大批雨伞到北方去卖,因为南方的伞质量好而且便宜。

可到了北方,他们渐渐发现,北方人很少用伞,因为那里的天气常年干旱少雨,两个商人都陷入困境。

一个月后,两个商人在回家的路上相遇,一个垂头丧气,一个却志得意满。

"看你这样子是把伞都卖了,赚了不少的钱?"

"是啊,都卖了。"

"北方不常下雨,谁用雨伞啊,我都为此而破产了,你是怎么卖掉的?"

"伞还是那些伞,我只是卖的时候把所有'雨伞'字都改成了'阳伞',伞可以挡雨,难道就不能遮阳吗!"

人生哲理

我们的失败,常常因为我们的思维定势,而成功也许仅仅源于思维创新的那点小小的火花。走不通时,试试逆向思维。

有些"废话"你真的需要知道

英国生产的灯泡的包装纸上都印着这样一句警告：Do not put that object into your mouth！意思是不能把灯泡放进口中。是不是有点搞笑？有谁会神经病地把灯泡塞进嘴里？有一天，我和朋友谈到这个问题。他突然很认真地告诉我，有本书上也这么说，原因是灯泡放进口中后便会卡住，无论如何都拿不出来。

但对此我十分怀疑：我认为灯泡表面十分光滑，如果可以放进口中，证明口部足够大，因此理论上也应该可以拿出来。回到家中，我拿起一个灯泡左思右想，始终觉得我的想法没错。本着"大胆假设，小心求证"的精神，我决定证实一下。为此我专门买了一瓶食油，以防卡住拿不出来。一切就绪后，我把灯泡放进口中，不用 1 秒钟灯泡便滑入口中，照这样看，要拿出来绝无问题。接着，我轻松地拉了灯泡一下，然后再加点力，又把口张大一些，妈妈呀，真的卡住拉不出来了！好在还有瓶油……。

30 分钟后，我倒了四分之三瓶油，其中一半倒进了肚子，可那灯泡还是动也不动。我只好打电话求救，号码才摁了一半，才记起口中有个灯泡如何说话？只好向邻居求助，我写了张纸条便去找邻居MM，她一见我就狂笑，笑得弯下腰还流口水。半小时后，她还是挣扎着帮我去叫了"的士"。司机一见我,也笑得前仰后合。在车上他不停说我的口太小,还说如果是他,就没问题。他的口真是大,但我好想告诉他,无论如何不要试。

医院的护士骂了我 10 多分钟,说我浪费她的时间。那些本来痛楚万分的患者,见了我都好像没病了,人人开怀大笑。医生把棉花放进我口的两旁,然后轻轻把灯泡敲碎,一片片拿出来。最后,他告诉我,下回不可再试,我告诉他我再也不试了。我想地球上一定没有像我这么白痴的生物了。

当我打开诊室的门,要离开医院时,迎面来了一个人,正是刚才那位司机,他口中正含着一个灯泡……

人生哲理

　　因为熟视无睹,因为固执,对于有些东西我们坚决不相信,直到铁一般的事实摆在面前,才幡然醒悟。这大概也是人性之一种吧。

迎接机遇之神

在一个风雨交加的夜晚，机遇之神来到一个小村庄，他想给贫苦的人们送来好的机遇。他挨家挨户地去敲门，但没有一户人家给他开门，因为他们在犹豫，害怕前来敲门的不是天使，而是魔鬼。但正是在他们犹豫的刹那间，机遇之神却悄悄地溜走了。第二天，人们知道了这件事，于是一个个懊悔不已：为什么自己不打开门抓住机遇之神呢？

是的，一个人的一辈子，其紧要之处也就那么区区几步，升学、就业、择偶、结婚……在这些过程中，真能让你深夜披衣开门的机遇也不会很多，因为机遇之神不会经常莅临。那么，在积蓄力量勇于拼搏的同时，我们还要善于抓住机遇，并把它变成成功的跳板，否则，我们就会坐失良机，耽误人生！

当机遇之神悄悄光顾你家门庭的时候，你是否立即开了门呢？

人生哲理

机遇之神永远垂青有准备的人。否则，它擦肩而过之后，留给你的只是无尽的悔恨。

尊　重

　　有位富翁十分有钱,但却为得不到旁人的尊重而苦恼不已,他每天都在想如何才能得到众人的敬仰。

　　有一天在街上散步时,他看到街边一个衣衫褴褛的乞丐,心想机会来了,便在乞丐的破碗中丢下一枚亮晶晶的金币。可乞丐头也不抬地仍是忙着捉虱子,富翁不由生气:"你眼睛瞎了? 没看到我给你的是金币吗?"

　　乞丐仍是不看他一眼,答道:"给不给是你的事,不高兴可以要回去。"

　　富翁大怒,意气用事起来,又丢了 10 个金币在乞丐的碗中,心想他这次一定会趴着向自己道谢。却不料乞丐仍是不理不睬。

　　富翁几乎要跳了起来:"我给你 10 个金币,你看清楚,我是有钱人,好歹你也尊重我一下,道个谢你都不会?"

　　乞丐懒洋洋地回答:"有钱是你的事,尊不尊重你则是我的事,这是强求不来的。"

　　富翁急了:"那么,我将我的财产的一半送给你,能不能请你尊重我呢?"

　　乞丐翻着一双白眼看他:"给我一半财产,那我不是和你一样有钱了吗？为什么我要尊重你。"

富翁更急起来道："好，我将所有的财产都给你，这下你可愿意尊重我了?"

乞丐大笑："你将财产都给我，那你就成了乞丐，而我成了富翁，我凭什么来尊重你。"

故事中的富翁有钱后，亟须别人的肯定与尊重，而乞丐的顽强，则更是清楚地说明了金钱与尊重在许多时候是难以画上等号的。

富翁若能明白了这一点，要受人尊重也就不难了。

人生哲理

很多东西，金钱是买不到的，比如尊重，比如爱情。

教育别人总是容易的

美女芭拉朵死后进了天堂。上帝对着她的脸凝视了一会儿，然后慢慢地说道："你在人间的爱情太多了，你的爱情还没有完全清除干净，只有试验一下才能知道。如果你能够通过试验，你将在天堂享福；如果通不过，你就要下到地狱受苦。"

芭拉朵说："我想知道怎样做试验？"上帝回答："你要走一条悬在空中的绳索。在走的时候，如果你心中不想爱情的事，你就胜利了；如果你分心去想那些爱情的事，哪怕只是想一下，你也会马上从绳索上掉下去。"

这时，一条绳索在空中拉了起来。上帝让芭拉朵从绳索的一端走到另一端，上帝则走在后面，亲自监督她。

芭拉朵拼命忍耐着不去想爱情的事，因为她害怕掉下去。等走到一半的时候，她回头去看上帝，但是没有看到。原来，不知什么时候，上帝走神也想到了爱情，他已从绳索上掉下去了。

这个小故事非常幽默。上帝面对美女也禁不住要想入非非，其中不仅有"爱情"，恐怕还会有"色情"吧。

由此可见，教育别人总是容易的，而自己要真正做到就不那么容易了。如今，像上帝那样的人相当多，他们教育起别人来理直气壮，道貌岸然,可一旦自己做起来,就不是那么一回事了。许多家长在孩子面前,也多是一副"上帝"的嘴脸。

人生哲理

对于一个长者或者教育者来说,加强自我修养,强化自律带头,是一个非常重要的人生课题。否则,便没有教育别人的资格。

两点之间，曲线最短

有个叫亨利·谢里曼的德国商人，小时候深深迷恋《荷马史诗》，并暗下决心，等他有了足够的收入，就投身考古研究。

谢里曼很清楚，进行考古发掘和研究是需要很多钱的，而自己家境十分贫寒，在现实与理想之间，没有直线可走，他只有选择走曲线。

于是，从 12 岁起，谢里曼就自己挣钱谋生，先后做过学徒、售货员、见习水手、银行信差，后来在俄罗斯开了一家商务办事处。

但谢里曼从未忘记过自己的理想。利用业余时间，他自修了古代希腊语，而通过参与各国之间的商务活动，他学会了多门外语，这些都为日后打下了基础。

多年以后，谢里曼终于在经营俄国的石油业中积攒了一大笔钱，当人们以为他会大大享受一番时，他却放弃了有利可图的商业，把全部时间和钱财都花在追求儿时的理想上去了。

谢里曼坚信，通过发掘，一定能够找到《伊利亚特》和《奥德赛》中所描述的城市、古战场遗址和那些英雄的坟墓。1870 年，他开始在特洛伊挖掘。不出几年，他就发掘出了 9 座城市，并最终挖到了两座爱琴海古城：迈锡尼和梯林斯。这样，歇业商人谢里曼就成了发现高度发展的爱琴海文明的第一人，其发现，在世界文明史中有着重要意义。

受益一生的哲理故事

　　此时，人们才真正明白了为什么痴迷考古的谢里曼要花费那么多时间去赚钱，因为像许多事业一样，考古研究，特别是发掘需要大量资金投入，也需要衣食无忧的心态。

　　世间并没有真正意义上的障碍，有的只是不同的心态，不同的路径。人有时候应该像水一样前进，如果前面是座山，就绕过去；如果前面是平原，就漫过去；如果前面是张网，就渗过去；如果前面是道闸门，就停下来，等待时机。

人生哲理

　　平面上，两点之间线段最短。而现实生活中，更多的时候，却是"曲线"最短。因为生活的是复杂的。

犀牛摇头的启示

在烈日炎炎的大草原上，一位南非动物学家遭遇了一头大犀牛。

动物学家一下慌了神，他知道犀牛一嗅到可疑的气味，便会往散发气味的地方狂奔过来，横冲直撞……

但看到眼前这头犀牛在不断摇头，动物学家紧皱的眉头一下又舒展开了。

牛背上的犀牛鸟焦急地提醒："科学家，我主人的脾气喜怒无常，你最好在主人未动前先动，没命地逃吧。"

但见动物学家扬了扬手中的一本书，气定神闲地说："放心吧，这不会有什么危险的。根据《犀牛习性科学研究指南大全》第十二章第十二节的分析，犀牛摇头无非有两大重要信号：

其一，摇头说明它对另一方没有敌意，它不会主动进攻另一方；

其二，摇头说明它可能见到了漂亮的异性，因发情而摇头。我是人，它不会连我也感兴趣吧？"

犀牛鸟刚要说什么，但动物学家立刻把食指竖在嘴前："安静！这正好让我和犀牛来一次近距离的'亲密接触'！"

接着，动物学家便神情自若地和犀牛"对峙"了起来，双方相持了1分钟，刚好是1分钟。61秒后，犀牛却突然猛冲过来，动物学家当场被顶了个狗啃屎，身上不知留下了多少处骨折。

动物学家倒在地上，吐着断牙，奄奄一息："怎么会这样，这书上明明说……"

犀牛鸟失望地摇头："我来不及告诉你，主人刚才并未真正摇头，而是在驱赶钻入耳朵里的苍蝇……哎，大科学家，尽信书不如无书，可怜啊……"。

人生哲理

教条主义害死人，这是一个已经被无数事实证明的真理。

可还是有人死抓住该死的教条不放，可怜、可悲、可叹。

袋鼠的节约

袋鼠虽名为鼠,但并不像啮齿类动物一样,有终生不断成长的锐利门牙。它们像其他草食动物一般,以臼齿来咀嚼野草。野草对臼齿的损害性很大,所以很多草食性动物在臼齿脱落后,都可以马上再生。不幸的是,袋鼠的臼齿却无法再生,所以虽然它们左右牙床各有四对臼齿,但平时只使用最前面的一对,等到第一对耗损而自动脱落后,第二对才再向前移,取代第一对。平均一对臼齿约可使用五六年,到了15至20岁之间,就只剩下最后一对臼齿,除非不吃东西,否则势必全都耗损。而当这一对臼齿磨尽脱落时,则"事禄已尽",即使无病无痛,也会死于饥饿。

人生哲理

人类的可用资源也是有限的,如果等大量耗损之后才想到节约,已后悔晚矣。

鼹鼠未雨绸缪

有一种完全生活在地下的地鼠叫做鼹鼠，它们擅长在地底挖洞，并且挖的不只一条，而是四通八达、立体网状的坑道。要挖出这样的坑道当然很辛苦，但一旦完成，就可以守株待兔地等食物上门。同样在地底钻土而行的蚯蚓、甲虫等等，常会不知不觉闯进鼹鼠的坑道中，被来回巡逻的鼹鼠捕获。鼹鼠在自制的网状坑道里绕行一周（有时要花上几个钟头），就可以抓到很多掉进陷阱的猎物。如果俘获的昆虫太多，吃不完的就先将它们咬死，放在储藏室里。有人就曾在鼹鼠的储藏室里发现数以千计的昆虫尸体。

人生哲理

先花些时间，做好完善的硬件设施，未雨绸缪，这样才有安逸清闲的日子可过。

向前一步,海阔天空

有人做过一个实验:把一只跳蚤放进一个玻璃杯中,同时在杯上加一个玻璃盖,"嗡"的一声,跳蚤重重地撞在玻璃盖上。跳蚤十分困惑,但是它不会停下来,因为跳蚤的生活方式就是"跳",一次次被撞,跳蚤开始变得聪明起来了,它开始根据盖子与杯底的高度来调整自己所跳的高度。

一个小时后,实验者把这个盖子轻轻拿掉,跳蚤不知道盖子已经去掉了,它还是在原来的这个高度继续地跳。一天以后,这只跳蚤仍然不停地在跳。

我们试想一下:如果这个可爱的小生灵能再多用一点力,便能重获自由,可惜的是它已不可能"跳"出那改变自己命运的一跳。这样的例子在生活中也常碰到,有时候成功就在咫尺,只要我们跨出充满自信与勇气的一步,便能享受成功的喜悦。

但往往有很多人却在胜利的边缘脱逃,并不是他们不行,而是因为他们心中也有一个"高度"束缚着自己:我不可能做到那样。从而导致他们不敢大胆前进。但是试想一下,如果仅仅站在固有的高度上,走不出最后一步,成功又岂会自己找上门来?

因此,在我们到达成功的门外时,退一步必将"满盘皆输",我们只

受益一生的哲理故事

有清醒地判明形势，打破旧的思维定势，勇敢地向前一步，便是海阔天空！

人生哲理

　　在内心的潜意识中，人们往往会给自己设定一个又一的禁区，每当接近它们时，总会有一个声音说："我不能。我做不到。"其实，它只是一个假设的存在。

受益一生的哲理故事

我们应该知道这两只老鼠

　　不久前,美国科学家摩德尔丝对两只小老鼠做了一次试验:他把两只小老鼠放在一个仿真的自然环境中,并把其中一只小白鼠的压力基因全部抽取出来。结果那只未被抽取压力基因的灰颜色的老鼠走路或者觅食时总是小心翼翼的。在那个面积约 500 平方米的仿真自然环境里面,灰老鼠一连生活了 10 几天,没有出现任何意外。它甚至开始为自己积蓄过冬的粮食,也开始习惯这一种没有人类恐吓它和音乐等噪音影响它的仿真空间。而另外一只被抽取了压力基因的小白鼠则从一开始就生活在兴奋之中。它的好奇心远远大于那只小灰鼠,它只是惧怕仿真空间所在自然保护区忽然出现的大风把空间里的一些东西刮得东倒西摇。据摩德尔丝教授的统计数字表明,小白鼠只用 1 天的时间就把 500 平方米的全部空间都大摇大摆地观察了一遍,而灰老鼠用了近 4 天的时间才把整个仿真空间全部熟悉。白鼠最后爬上了仿真空间里高达 13 米的假山,而灰老鼠最高只爬上了盛有食物的那个仅高 2 米的吊篮。结果小白鼠在仿真空间的第三天,因为没有任何压力而爬上那个高达 13 米的假山,在试验能不能通过一个小石头块时一下子摔下来,死了。而灰老鼠因为有一定的压力,处处谨慎小心,在试验 10 几天后,它鲜活地出来了。

　　我们常常因为自己的慵懒而埋怨周围的竞争太激烈，因为自己的能力不够而强调自己的压力太大。事实上没有了压力，我们也会像那只小白鼠一样，会从高处摔下来而死去。

人生哲理

　　我们心中有两个敌人：过于谨慎和过于张扬。让它们变成朋友的办法是：谨慎而不保守，张扬而不招摇。

感激对手

日本的北海道,出产一种味道珍奇的鳗鱼,海边渔村的许多渔民都以捕捞鳗鱼为生。鳗鱼的生命非常脆弱,只要离开深海区,要不了半天就会全部死亡。奇怪的是,有一位老渔民天天出海捕捞鳗鱼,返回岸边后,他的鳗鱼总是活蹦乱跳的。而其他几家捕捞鳗鱼的渔户,无论如何处置捕捞到的鳗鱼,回港后全是死的。由于鲜活的鳗鱼价格要比死亡的鳗鱼几乎贵出一倍以上,所以没几年工夫,老渔民一家便成了远近闻名的富翁。周围的渔民做着同样的营生,却一直只能维持简单的温饱。老渔民在临终之时,把秘诀传授给了儿子。原来,老渔民使鳗鱼不死的秘诀,就是在整仓的鳗鱼中,放进几条叫狗鱼的杂鱼。鳗鱼与狗鱼非但不是同类,还是出名的"对头"。几条势单力薄的狗鱼遇到成仓的对手,便惊慌地在鳗鱼堆里四处乱窜,这样一来,反倒把满满一船仓死气沉沉的鳗鱼全给激活了。

一种动物如果没有对手,就会变得死气沉沉。同样的,一个人如果没有对手,那他就会甘于平庸,养成惰性,最终导致庸碌无为。一个群体如果没有对手,就会因为相互的依赖和潜移默化,而丧失活力,丧失生机。一个行业如果没有了对手,就会丧失进取的意志,就会因为安于现状而逐步走向衰亡。有了对手,才会有危机感,才会有竞争力。

受益一生的哲理故事

有了对手，你便不得不奋发图强，不得不革故鼎新，不得不锐意进取，否则，就只有等着被吞并，被替代，被淘汰。

许多人都把对手视为心腹大患，恨不得马上除之而后快。其实只要反过来仔细一想，便会发现拥有一个强劲的对手，反倒是一种福，一种造化。因为一个强劲的对手，会让你时刻有种危机四伏的感觉，会激发起你更加旺盛的精神和斗志。

感激你的对手吧，千万别把他当成"敌人"，而应该把他当作是你的一剂强心针，一副推动器，一个加力档，一条警策鞭。

感激你的对手吧，因为他的存在，你才永远是一条鲜活的"鳗鱼"。

人生哲理

更多的时候，促使我们奋起的不是朋友的安慰，而是对手的逼迫甚至侮辱。

受益一生的哲理故事

为了"偷懒"

美国有个牧童叫杰福斯,他的工作是每天把羊群赶到牧场,并监视羊群不越过牧场的铁丝网到相邻的菜园里吃菜就行了。

有一天,小杰福斯在牧场上不知不觉地睡着了。不知过了多久,他被一阵怒骂声惊醒。

只见老板怒目圆睁,大声吼道:"你这个没用的东西,菜园被羊群搅得一塌糊涂,你还在这里睡大觉!"

小杰福斯吓得面如土色,不敢回话。

这件事发生后,机灵的小杰福斯就想,怎么才能使羊群不再越过铁丝栅栏呢? 他发现,那片有玫瑰花的地方,并没有更牢固的栅栏,但羊群从不过去,因为群羊怕玫瑰花的刺。"有了,"小杰福斯高兴地跳了起来,"如果在铁丝上加上一些刺,就可以挡住羊群了。"

于是,他先将铁丝剪成了 5 厘米左右的小段,然后把它结在铁丝上当刺。结好之后,他再放羊的时候,发现羊群起初也试图越过铁丝网去菜园,但每次都被刺疼后,惊恐地缩了回来。被多次刺疼之后,羊群再也不敢越过栅栏了。

小杰福斯成功了。

半年后,他申请了这项专利,并获得批准。

受益一生的哲理故事

后来,这种带刺的铁丝网便风行全世界。

人生哲理

成功往往来源于某种动机,而动机越直接,越简单,动力就越大,成功的机率也越大。

疯老头

退休后的贝多尔，为了渡过一个安静的晚年，写些回忆录，就在柏林近郊买了一处住宅，是独门独院，非常幽雅别致。房子的左侧开有一个小窗，因为前面有一条小小的水渠，水长年不断，清澈见底。贝多尔对此十分满意。

刚开始的时候，一切都挺好，恬静安然的环境对老人生活和写作很有益。可是没过几天，一些10多岁的孩子们放了学就来这里玩，他们高声呐喊着打水仗，还相互扔泥巴，甚至于扔到老人窗子的玻璃上。孩子们几乎天天来玩水仗。他们高兴得不亦乐乎，而老人却烦躁不安。

贝多尔受不了这样的折磨，终于有一天他坐不住了，就出去和孩子们谈判。他和孩子们说："你们玩得很开心，我也喜欢看你们打水仗。如果你们能天天来玩，我给你们每人每天一元钱。"孩子们看看这个城里来的疯老头很高兴，更加用心地玩起打水仗来，并且每人得到一元钱。

过了两天，孩子们玩过之后，老人出来说："因为通货膨胀的原因，我的养老金收入减少了一半，所以每人每天只能给你五毛钱。"孩子们很不高兴，但还是接受了，不过他们的兴趣不强了。

又过了大约一周,在孩子们玩完打水仗的时候,贝多尔老人头发零乱地走了出来,他愁眉苦脸地对孩子们说:"不好意思,最近入不敷出,只好每人每天给你们一毛钱了。"

一个孩子生气地说:"一毛钱?太少了,我们才不干呢,走!疯老头……"说完扬长而去,从此以后,这些孩子们再也没有来过。

贝多尔笑笑说:"我疯?嘿嘿,小鬼。"

贝多尔拐弯抹角地达到了自己的目的。如果直言相斥,孩子们能听吗?或许会更加难缠。他巧妙地运用了孩子的逆反心理,又过上了安静的日子。

人生哲理

人的心理是个很微妙的东西,但只要懂得一点心理学的知识,就可以利用它的微妙,达到许多原本不容易达到的目的。